NOUVELLES ŒUVRES

Clermont (Oise), imprimerie Alexandre Toupet.

VICTOR OFFROY

NOUVELLES ŒUVRES

LA COMMUNE

DU RESPECT DES VIEILLARDS

M. LEMIRE

DU PRÊTRE — LE PÈRE GUAY — LE SOMMEIL

UN CHIEN INTELLIGENT

LE GRAND LAC DE MORTEFONTAINE

VŒUX PATRIOTIQUES

ETC., ETC.

DAMMARTIN

LIBRAIRIE DE LEMARIÉ FILS

1875

AVANT-PROPOS

La Commune, qu'on aime toujours pour ses souvenirs ; *M. Lemire*, homme digne de mémoire ; *ma Garenne*, but de mes promenades solitaires, lieu de paix et d'inspiration ; *du Respect des Vieillards*, mon opinion à ce sujet ; *Morienval*, dont l'église est une des plus anciennes de France, et dont le vieux prêtre, devenu aveugle, fut un modèle de l'apostolat ; *le Sômmeil*, repos de la vie, monde des songes, où l'imagination est souvent la folle ou la fée du logis, vie occulte de l'âme et de la pensée, où le somnanbulisme et le magnétisme ont leurs mystères encore inaccessibles à la science ; *le père Guay*, de Dammartin, beau trait de dévouement ; *Adieux d'une âme à son corps*, poésie intime ; *du Prêtre ; du Bon-*

heur, Vœux patriotiques, etc., etc., voilà les sujets sur lesquels j'ai cru pouvoir écrire encore. Je l'ai fait pour moi d'abord, ensuite pour mes lecteurs bénévoles, puisqu'ils me disent que je ne les ennuie pas.

V. OFFROY.

LA COMMUNE

Qu'est-ce que la commune? C'est en grand la représentation de la famille ; c'est en petit la représentation de la société. Je la comparerais volontiers à une ruche dont les alvéoles sont des maisons et dont les abeilles travailleuses sont des personnes.

Du côté de la famille, le prêtre figure le père commun des hommes ; du côté de la société, le chef de l'État est représenté par le maire.

La commune ne tient que d'elle-même ses usages, ses mœurs, ses habitudes, sa parenté ; mais elle dépend de l'État par les lois qui la gouverne, par l'impôt qu'elle lui paye et par l'appui qu'elle en reçoit. Elle trouve dans la vie en commun et dans son autorité administrative, l'image de l'union de la famille et du gouvernement qui la régit. C'est un petit corps qui a son mouvement particulier dans le mouvement général, qui, en fonctionnant dans le système départemental, est tour à tour attiré et attirant, et qui, par la loi de ses rapports, converge avec cent autres vers la cité qui en est le centre et le foyer vivifiant.

Là, l'homme demeure attaché par les liens de la propriété ou le calcul de son industrie ; chacun se connaît par son nom, par son caractère, par sa fortune, et voit ses enfants lui succéder comme il a succédé à ses pères.

Ce n'est que dans la commune rurale qu'on trouve encore de ces familles antiques de laboureurs qui, enracinés sur le sol natal comme l'arbre qu'ils ont planté, s'y multiplient comme leurs moissons, et y éternisent un nom dont l'origine remonte à des siècles.

Là, c'est presque sans sortir de ses champs que le villageois voyage du berceau à la tombe ; là le contact est si fréquent, les relations si familières, si intimes, que la vie privée y est presque toute à jour. On y connaît l'individu non seulement dans lui-même, mais dans ses aïeux, dans ses enfants, dans ses relations, dans ses moyens d'existence, en un mot dans tout ce qui se rattache à lui, ce qui est un avantage pour le mérite, un inconvénient pour le défaut, ce qui fait que rien n'échappe de la conduite de chacun et que la critique a tant de prise sur la faiblesse humaine.

Mais de cette espèce d'intimité sociale résulte pour tous un intérêt particulier, dont les exemples sont rares dans les grandes villes, et ce petit corps est tellement homogène, que ce qui en affecte une partie en affecte le tout. Qu'un enfant naisse, qu'un vieillard meure, qu'une jeune fille se marie, qu'un jeune soldat parte à l'armée ou en revienne, qu'un nouveau curé ou un nouveau maire apparaisse, c'est pour la petite commune une grande nouvelle ou un évènement. Y a-t-il ici rien de gai comme la fête du pays ? de triste comme le Jour des Morts ? d'heureux comme une bonne récolte ? de sinistre comme un orage ? de saint comme le patron de la paroisse? de redouté comme le trouble? d'aimé comme la tranquillité? c'est parce que les intérêts, la croyance, tout est commun ici, qu'on ne peut les léser dans un membre sans blesser le corps entier.

Ce n'est pas de la petite commune que partent les désordres, les factions qui troublent l'État ; la politique n'y trouve pas d'ambitieux et le travail des mains n'y laisse pas de temps aux complots de l'esprit.

Dans les grandes villes, l'homme n'est qu'un être absorbé dans un océan de son espèce, un atome aggloméré et perdu dans le nombre; il passe imperceptible dans la foule et sa tombe s'efface inconnue chez les morts comme sa personne chez les vivants. A la campagne il ressort de son individualité, il se détache de la multitude et se dessine en relief sur le tableau de la vie. Là, il est collectif, ici, il est un ; là, c'est l'humanité, ici, c'est l'homme.

Quand, après une longue absence, vous revenez dans cette commune où vous avez reçu le jour, quelles douces impressions n'éprouvez-vous pas, et que tout ce que vous voyez a d'intérêt pour vous ! votre nom est connu et répété de tous : ces hommes qui vous serrent la main et vous accueillent comme une ancienne connaissance sont ces camarades que vous avez laissés enfants ; eux et vous, vous avez quelque peine à vous reconnaître tant l'âge vous a changés. Ce clocher est le même qui vous paraissait si grand quand vous étiez si petit; voici l'autel où vous vous êtes si souvent agenouillé ; les fonds où vous récitâtes les promesses de baptême le jour de votre première communion ; quel beau jour ce fut pour vous ! vous croyez revoir encore ce cortége d'enfants, tous parés, attentifs, silencieux, ce clergé solennel où commandait ce grave magister qui vous apprenait à lire, ces parents attendris qui vous écoutaient, et ce bon vieux prêtre qui, le matin, avait édifié son auditoire. Cette cloche, dont le son vous est si connu, réveille en vous de touchants souvenirs, elle a sonné à votre baptême, à votre mariage, à la perte de vos amis, elle a été l'organe de vos joies et de vos pleurs, elle sonnera à votre décès peut-être, comme elle a sonné à la naissance et à la mort de vos aïeux.

Près de là, c'est l'école où le travail était si pénible et le jeu si aisé, et dont la classe, si bruyante en l'absence du maître, redevenait tout à coup si muette à son apparition. C'est ce cimetière où chaque croix porte un nom qui vous est cher, et dont le mort serait pour vous toute amitié dans le monde, si dans la tombe aujourd'hui il n'était toute poussière !

Voici l'arbre dont vous mangiez les fruits toujours verts, parce qu'ils étaient trop longs à mûrir ; le buisson où vous étiez si joyeux quand d'une main, qui ne craignait pas l'épine, vous ravissiez les petits de la linotte qui voletait plaintive autour de vous ; l'étang où vous lanciez le caillou, et dont l'eau mouillait au-dessus du genou votre pantalon qui trahissait aux yeux d'une mère vos escapades ; voici le chemin où vous jouiez à la *marelle*, le pré où vous taquiniez la vache ruminante ; la promenade où l'on se défiait à la course, et où les anciens du pays vous faisaient de la morale qu'on écoutait pour leurs bonbons.

Voici l'ombrage solitaire où plus tard on venait s'isoler avec la jeune fille qui l'embellissait pour nous, où l'on se trouvait embarrassé d'un premier amour, et où l'on exprimait si mal ce qu'on sentait si bien.

O jours heureux de l'enfance et du printemps de la vie ! lieu de naissance, tendresse, innocence, simplicité, candeur de l'âme, illusions du cœur, où vous retrouve-t-on quand on vous a perdus, et quels titres, quels trésors peuvent vous remplacer ?

Il y a dans mon pays une maison très-ancienne et qui, au milieu de toutes celles qui changent avec le temps et le progrès, est la seule, peut-être, qui soit restée la même. Cette maison est celle que depuis un siècle et demi habitèrent nos père et mère et nos aïeux : elle est pour ma sœur comme pour moi, l'objet d'une vénération qui se rattache au culte de la famille. Dernièrement nous la visitâmes ensemble, et son intérieur vide et délabré était plein pour nous des plus douces émotions du cœur. Ce foyer, nous disions-nous, est celui où, nous réchauffant à la sortie de l'école, nous écoutions les grandes histoires qui s'y racontaient, et où, pendant que la tempête bruissait dans la cheminée, notre mère nous faisait, à genoux, prier Dieu pour notre père en voyage. C'est dans cette cuisine que nous étions si familiers avec les bons serviteurs de la maison C'est dans cette grande salle que se faisait le repas de la famille ; que, le jour de sa fête, notre père, chargé de nos fleurs, nous faisait danser aux accords de son violon, et que les voisins, les amis, venaient tous les ans s'égayer avec nous au banquet de la vendange.

Voici le cabinet où ce bon père nous tenait sur ses genoux, où travaillait à son secrétaire pour les affaires de son commerce. — Tiens, me disait ma sœur, voici la chambre où tu couchais et où notre mère ne retrouvait jamais le compte des pommes qu'elle y resserrait. Reconnais-tu cette imposte ? C'est par là qu'en nous haussant nous regardions en tremblant les Cosaques (1) entrant dans notre pays. Voici la cour où nous faisions nos jardins de cerfeuil, le grenier où l'on jouait si bien pendant que Charlot entassait le foin. Cette table, toute vieille qu'elle est, est pour nous une archive précieuse, c'est autour d'elle que les autorités, les vénérables de la famille, ont signé l'acte, le contrat qui unissait notre destinée à celle d'un époux, voici la porte par où chacun de nous est sorti un jour pour aller vivre à son compte...

Ainsi, chaque objet dans cette maison réveillait en nous une pensée, un sentiment : quelle autre dans aucun pays vaudrait pour nous cette résidence de nos aïeux, ce berceau de notre enfance ?

C'est par ces liens du cœur, c'est par les traditions de la mémoire que la commune a pour nous tant de charmes, et qu'on y revient du tourbillon du monde pour s'y reposer de ses fatigues d'hommes sur l'oreiller de son enfance.

Cette commune, je l'aime, moi, avec ses toits de chaume, son église tapissée de lierre et son clocher moussu, je l'aime agreste et champêtre et non citadine et bourgeoise, mais si de modeste et rustique qu'elle est vous la rendez coquette et lustrée, si au lieu d'une villa des champs, vos chemins de fer en font une agglomération du chef-lieu, ou un faubourg de Paris ; si de

(1) Ils entrèrent dans notre maison et voulaient de l'eau-de-vie ; mon père refusa, il n'en avait pas. Ils allaient le frapper de leurs sabres quand, tout petit que j'étais, je les arrêtai m'offrant de leur en trouver, je les conduisis chez l'épicier d'en face. Pâle d'effroi il ouvrit sa porte. — Ces messieurs, lui dis-je, demandent de l'eau-de-vie. — Merci de la pratique, fit-il, en maugréant.

C'étaient, en effet, pour le marchand, des pratiques d'un mauvais crédit.

Longperrier ou Saint-Mard, elle devient Saint-Cloud ou Neuilly, je ne la reconnais plus dans cette métamorphose ; je n'aime pas ce changement qui la dénature, et ce qu'elle gagne par ce progrès ne vaut pas à mes yeux ce qu'elle perd dans son type primitif et ce qu'elle reste dans mes souvenirs.

L'ABBÉ LEMIRE

Rappeler ce nom, c'est rappeler un homme de bien, c'est réveiller de chers souvenirs dans bien des cœurs ; l'histoire locale doit une page à sa vie, et la postérité quelque honneur à sa mémoire.

Pierre-Simon Lemire naquit à Nanteuil-le-Haudoin, le 12 janvier 1751 ; il entra de bonne heure au séminaire de Meaux, et y fit toutes ses études. En 1776, sur la présentation de M. le prince de Condé, comte de Dammartin, il fut nommé chanoine à la collégiale de cette ville ; il en exerça les fonctions jusqu'en 1790, où la révolution éclata ; le chapitre fut dissous, la collégiale et ses biens furent vendus ; M. Lemire racheta l'église de M. Cochu (Pierre-Martin), et le 22 mars 1795 il y célébra l'office divin et la rendit publiquement au culte catholique ; il n'avait pris conseil que de son pieux dévouement ; il était alors le seul prêtre en France qui, dans ce temps de terreur, osât professer sa religion et célébrer les saints mystères au risque de sa vie.

En 1801, époque du concordat, M. de Thuin, évêque de Meaux, récompensa son zèle en le nommant desservant de Notre-Dame de Dammartin qui fut érigée en paroisse et qui demeura sa propriété.

M. Lemire rendit cette église l'une des plus belles et des plus renommées du diocèse ; il y fit d'immenses réparations auxquelles il consacra tout son patrimoine et les offrandes des fidèles. On y voyait onze cloches, deux horloges, un orgue de première dimension, une grille, des tableaux, des stalles magnifiques et les plus riches ornements ; rien n'était pompeux comme ses offices ; M. Lemire y mettait toute sa gloire, il présidait et veillait à tout ; il composait son clergé, classait ses chantres, instruisait ses enfants de chœur, et, comme Gui d'Arezzo, leur développait les principes du chant. C'est ainsi qu'il avait formé les plus belles voix ; on distinguait surtout celle de M. Offroy, mon père, la basse-contre la plus forte, la plus harmonieuse du diocèse ; et l'on peut dire que, par ses soins, le chœur de Notre-Dame pouvait-être comparé à celui d'une cathédrale.

M. Lemire jouissait à juste titre de l'attachement et de l'admiration de sa paroisse. Aux charmes d'un esprit cultivé il joignait l'attrait des utiles vertus. Dieu seul sait le nombre de ses œuvres charitables ; on le voyait partout où il y avait des larmes à recueillir et du bien à répandre. C'est un enfant nouveau-né qu'il trouve sur une borne, et dont, comme un autre Vincent de Paule, il se rend le père ; c'est un misérable voyageur qu'il rencontre frissonnant sur la neige, et qu'il réchauffe en le revêtant de la redingotte qu'il porte sur sa soutane ; ce sont trois petits ramoneurs abandonnés qu'il nourrit, qu'il rhabille et qui, en ce moment peut-être, bénissent son souvenir dans les montagnes de la Savoie ; c'est un vieux militaire à qui il fait avoir sa pension ; ce sont de pauvres parents dont il fait revenir le fils de l'armée ; d'honnêtes et malheureux débiteurs dont il conserve les meubles et paye la dette ; c'est une veuve dont il défend les droits, une orpheline qu'il sauve de la misère et du danger des séductions. Je n'en finirais pas si je voulais énumérer, je ne dis pas toutes les bonnes œuvres qu'il a faites, mais toutes celles que je lui ai vu faire.

Lors de la déroute de Waterloo, les débris de notre armée repassèrent par Dammartin ; plus de 150 blessés entrèrent à l'hospice. M. Lemire les soignait, les consolait jour et nuit ; il était pour ces malheureux la providence qu'ils voulaient toujours voir. Quelque temps après, un christ d'une main, un lys de l'autre, il se présentait seul devant l'ennemi entrant dans la ville, et le disposait en faveur des habitants ; les soldats se portaient-ils à quelques désordres, il arrivait, leur parlait et convertissait ces loups en agneaux.

Il aimait les enfants et protégeait l'instruction ; il se plaisait à visiter les classes, il conseillait les maîtres, stimulait les élèves et composait en vers les charmantes pièces qu'ils jouaient le jour de la distribution des prix.

Sa sollicitude pour ses enfants de chœur allait jusqu'à leur créer des amusements ; il avait institué pour eux un jeu d'arc, dont il payait les prix, et, le dimanche, il voulait les y voir tous réunis. Il en faisait ses compagnons de voyage, et les conduisait dans les lieux les plus remarquables des environs ; c'est ainsi que j'ai connu avec lui, Forfry, dont le vieux castel qui date du onzième siècle, a gardé fidèlement le costume de son époque ; Oissery où se voit le curieux mausolée de Jean des Barres ; les deux Moussy, célèbres, l'un par sa sainte

Opportune, l'autre par ses Le Bouteiller et ses Brissac; Mortefontaine où le roi Joseph Bonaparte tenait sa cour alors; Ermenonville doublement renommé par son beau site et son grand homme; Thieux sur sa Beuvronne; Nantouillet, Juilly dans leur belle vallée; Montgé, Monthyon sur leur montagne; Rouvres qu'il desservait, où il était tant aimé; et c'était toujours l'église, la cloche, le château, un ami à visiter, quelque instruction à recueillir et souvent une bonne œuvre à faire. Chemin faisant il nous contait quelque histoire intéressante, il nous expliquait les beautés de la nature, la vertu des plantes, et toujours résumait tout en Dieu.

Un jour que nous descendions la colline du sépulcre dont nous venions de visiter l'antique chapelle, nous trouvâmes une feuille d'antiphonier dont le vent se jouait au pied d'un buisson : c'était le *salve regina.* Allons, nous dit-il, c'est encore ici le temple du seigneur, chantons ses louanges; et nous voilà chantant comme au lutrin. Le pâtre gardant son troupeau, le laboureur guidant sa charrue regardaient, étonnés de nous entendre. C'est par cette simplicité d'âme et cette bonté de cœur que ses élèves lui étaient attachés, au point que ceux qui lui survivent ne peuvent aujourd'hui encore en entendre parler sans s'attendrir jusqu'aux larmes.

On le recherchait partout pour la profondeur de son esprit et le charme de sa conversation. Sa bibliothèque réunissait les meilleurs auteurs anciens et modernes; lorsqu'un livre était bon, il l'adoptait quel que fut son auteur : c'est ainsi qu'il lisait la plupart des philosophes modernes, entr'autres Voltaire et Rousseau. — Quoi! lui dit un jour son évêque, vous avez aussi ces livres-là? — Monseigneur, répond l'abbé, pour appliquer le remède, il faut que je connaisse le mal. — Il savait Homère et Virgile par cœur ; il avait traduit la *Henriade* en vers latins, et il possédait, aussi bien que Pascal, tous les pères de l'église.

Son talent pour la prédication l'avait rendu célèbre ; les chaires de Paris, de Meaux, de Senlis l'ont vu souvent attendrir et édifier un nombreux auditoire. Un jour de Saint-Etienne, il arrive à Meaux, les pieds poudreux, le front en sueur ; il s'essuie, monte en chaire et parle pendant plus d'une heure. L'évêque, à la tête de son chapitre, l'écoute, l'admire. Quelques heures après il demande le prédicateur pour l'admettre à sa table : le prédicateur chantait les vêpres à Dammartin, il avait fait dix lieues à pied, prêché à Meaux et officié à Dammartin en douze heures.

Il aimait la poésie et lui consacrait ce qu'il appelait les rognures du temps. En 1814, il publia ses pastorales et élégies, ouvrage plein de sentiment et de philosophie, sur les désastres de la France et l'infortune des Bourbons. C'est cet ouvrage qui m'inspira mes premiers vers ; j'étais alors à Paris, et moi aussi je voulais être poète ; je rimais donc. Ces passe-temps m'en épargnaient de plus dangereux peut-être. Si je gâtais du papier, je ne corrompais pas mes mœurs, et, à tout prendre, mieux vaut encore être mauvais poete que mauvais sujet.

Mais la réputation de M. Lemire finit par exciter l'envie. Son mérite lui fit des jaloux qu'il ne sut pas ménager ; il était oublieux des convenances, variable, fier, brusque parfois ; ses défauts servirent de prétexte à ceux qui en voulaient à ses vertus ; ils portèrent, pour des riens, des plaintes contre lui à l'évêché ; il dédaigna de se justifier ; l'évêque s'en trouva offensé, il lui intima l'ordre d'une retraite au séminaire. M. Lemire s'y refusa, et, le 16 février 1817, un interdit fut fulminé contre lui. Il obtint son exéat ; il quitta son église qui fut fermée, ses chers paroissiens qu'il servait depuis 40 ans et qu'il pleura jusqu'à sa mort, et passa dans le diocèse voisin.

La cure de Versigny (Oise) était vacante ; il y fut appelé et accueilli. L'évêque et le chapitre de Beauvais lui témoignèrent la plus grande bienveillance ; il fut autorisé à desservir aussi les cures de Baron, de Droizelles et de Rozières ; son zèle actif répondait à tout ; sa réputation l'avait dévancé, et partout son infortune trouva de consolantes sympathies.

La chapelle des Marais, près de Nanteuil, n'existait plus depuis longtemps ; elle était dans son voisinage ; il en acheta le terrain, la fit reconstruire sur ses ruines et en posa la première pierre le 9 juin 1821 ; plus tard il la donna par son testament à la commune de Nanteuil ; c'était là que, sur la fin de ses jours, il venait dans la solitude se consoler avec Dieu de la méchanceté des hommes.

Versigny convenait à l'état de son âme ; il trouvait dans son presbytère que baignait la Nonette et qu'entouraient de vertes prairies, lé calme dont il avait besoin et une société aimable dans les dignes familles Loth de Beaulieu, de Versigny, et Lemaire de Gaillonnet. Quand M. le duc de Bourbon, prince de Condé poussait ses chasses jusqu'à Versigny, il avait l'honneur de dîner avec lui au château ; le prince qui approchait de son âge, et qui, depuis longtemps, connaissait son dévouement à sa maison, l'appelait son ami du bon vieux temps ; on l'a vu lui donner le bras dans une promenade, — Monseigneur, lui dit un jour l'abbé Lemire, en lui montrant sa chapelle des Marais, je voudrais bien que la cloche qui m'appelle ici fût nommée par votre Altesse. — Vous êtes bon royaliste, lui dit le prince, en lui tendant la main, je suis bon catholique, j'accepte le parrainage, votre cloche s'appellera Louise. — L'esprit de la vieille France était dans ce colloque entre ce vieux prince et ce vieux curé. Plus tard, le prince a la cuisse cassée ; l'abbé Lemire court auprès de lui ; le temps était mauvais ; il arrive tout mouillé, tout crotté, on lui refuse l'entrée. — Dites à son altesse que c'est l'abbé Lemire qui désire le voir. — Le prince l'entend, donne des ordres, accueille le vieux pasteur, et le retient à dîner auprès de lui.

Il avait à Peroye, près de Nanteuil, un ami bien vénérable dans M. le curé Creté ; c'était un saint vieillard ; il habitait une humble chaumière à l'entrée de laquelle on lisait : *sat morituro* ; leur amitié datait du séminaire. Sur la fin de leurs jours ils se retrouvaient toujours amis sous la même bannière, c'était chose curieuse et édifiante de voir, comme je les ai vus souvent, ces deux doyens du sacerdoce, tous deux courbés sous la croix, blanchis sous l'étole et prêts à aller rendre compte de leur mission sacrée au Dieu qui les avait envoyés.

L'étude lui offrait aussi d'utiles distractions ; il composait en vers et en prose ; les ouvrages qu'il a publiés sont moins nombreux que ses œuvres posthumes ; il m'écrivait deux fois la semaine. — Je baise ma plume, me disait-il, en songeant que l'interdit ne va pas jusqu'à elle. Notre correspondance ne cessa qu'à sa mort, et je conserve de ses lettres un précieux volume.

Paul Bouvet, jeune peintre, et moi ses élèves, nous allions souvent le voir ; il nous menait promener à sa chapelle des Marais ou dans le parc du château ; ici, nous disait-il, je suis comme Adam aux premiers jours du monde ; je ne vois que la nature et son créateur. — Au moins, lui disais-je, vous n'y trouvez pas de serpent. Un jour nous rencontrons madame de Versigny. — Tenez, madame, lui dit-il, en nous présentant, voici mon poète, voici mon peintre, je suis musicien, eh bien ? nous sommes trois fous. — Ou trois sages, reprit la dame.

Cependant sa santé s'affaiblissait. Malgré sa résignation, il ne pouvait supporter l'injustice de sa disgrâce, et son chagrin était plus fort que sa philosophie. Il y a, avant de descendre dans le vallon de Versigny, un endroit élevé d'où l'on découvre Dammartin ; il y venait tous les jours, restait à contempler ce pays, cette chère église pour lesquels il avait tout sacrifié, où sa pensée le reportait sans cesse, et où il ne lui était plus permis de vivre, puis des larmes s'échappaient de ses yeux, et il revenait le cœur tout contristé. Insensiblement son sang s'appauvrit, l'hydropisie se déclara ; il ne mangeait plus ; il passait ses jours à lire et à prier et ses nuits à écrire. J'ai plusieurs de ces lettres datées, dans le fort de l'hiver, de deux et trois heures du matin ; mais dans sa plus grande affliction, M. Lemire fut toujours digne, toujours grand, parce qu'il se sentait fort de sa conscience : — Où en serais-je, m'écrivait-il, si j'avais mérité mes maux : je sens que je m'en vais ; mais j'espère, et plus dans la mort que dans la vie. Une autre fois il finissait ainsi sa lettre :

Cruellement blessé, mais trop fier pour me plaindre,
Et trop fort de mon Dieu pour m'abaisser à craindre,
Je demeure en moi-même et plains dans son erreur
Quiconque, en ses détours, s'est joué de mon cœur.

Enfin, voyant sa fin prochaine, il m'appela auprès de lui. Je le trouvai dans son fauteuil, rédigeant une pétition pour un père de famille qui, dans une affaire malheureuse, s'était recommandé à lui. Il faut, jusqu'à la fin, se rendre utile, me dit-il, le bienfaiteur passe, mais le bienfait reste ; puis, me prenant la main : — C'en est fait, je vous quitte, Dieu me rappelle, il ne veut pas que je souffre plus longtemps, je lègue mon église de Notre-Dame à votre cher pays, ma chapelle des Marais à Nanteuil, qui m'a vu naître ; je vous ai nommé pour exécuter mes dernières volontés, je connais votre dévouement... ma plus douce consolation, en mourant, est d'espérer que ces saints édifices seront conservés pour honorer Dieu, et qu'on s'y souviendra quelquefois de moi,... Adieu. — Et j'embrassai cet homme vénérable, et mes larmes mouillaient ses joues amaigries, fanées et déjà glacées du froid de la mort.

Il ne mourut que le surlendemain de ce jour. La nuit de sa mort il tomba dans l'assoupissement ; il se réveilla vers cinq heures, et demanda à boire ; Mlle Ploque, sa ménagère, lui en présenta, mais il ne put avaler. — Il ne me faut plus rien, lui dit-il, je vous remercie de vos bons services, je ne les ai pas oubliés ; j'ai assuré votre avenir, vous pouvez vous retirer. — Il resta quelque temps sans parole ; quand l'*angélus* sonna, il se fit mettre sur son séant et chanta à haute voix plusieurs versets du *Magnificat* ; un peu après il entonna le *Nunc dimittis* ; mais la voix lui manqua et il retomba sur l'oreiller. Mlle Ploque lui demanda s'il désirait quelque chose, il fut longtemps sans répondre, puis, d'une voix éteinte : — Je désire, dit-il, être enterré à Dammartin. — Ce furent ses dernières paroles ; pendant quelque temps encore, on vit qu'il priait au mouvement de ses lèvres ; enfin, vers sept heures du matin, il fit un dernier effort, tourna la tête et expira. C'était le 29 décembre 1824 ; il était âgé de 72 ans, 11 mois et 17 jours.

Le deuil fut général à Dammartin et dans les paroisses qu'il desservait. Le prince de Condé, Louis-Henri-Joseph de Bourbon, ne put retenir des larmes à la nouvelle de sa mort. Le lundi suivant, il fut enterré à Versigny (1) par M. Alletz, son ami, curé de Chevreville. Toute la population du pays et une foule considérable venue des environs assistèrent à ses obsèques. Le chemin était mauvais, le convoi traversa le parc du château pour arriver au cimetière ; la feuille criait sous nos pieds, le vent gémissait dans les arbres, tout était triste autour de nous, on eut dit que ces lieux, qui l'avaient vu si souvent, avaient pris aussi le crêpe du deuil et, comme nous, regrettaient un ami.

Après la cérémonie funèbre, je rappelai dans un discours les vertus de sa vie, et elles firent redoubler les pleurs sur sa tombe.

Voici bientôt 50 ans que cette tombe est fermée. En juillet 1856, les restes de M. Lemire, exhumés du cimetière de Versigny, furent déposés dans le caveau de l'église de Notre-Dame, à Dammartin ; celui qu'il renferme fut l'ami de mon enfance, le restaurateur de la religion, d'une église dans mon pays ; j'ai voué une espèce de culte à sa mémoire, et c'est un besoin pour moi de venir, au moins une fois chaque année, sur sa

(1) Ce n'est qu'après son inhumation que je connus son vœu d'être enterré à Dammartin, il n'en avait rien dit dans son testament.

cendre, m'entretenir avec sa pensée ; mais quoique me disent de lui encore ce presbytère, cette église, ces lieux où il passa, cette tombe où il demeure, ils me le rappellent moins que le souvenir que je lui garde au fond de mon cœur, qui ne finira qu'avec moi et qui vient de m'inspirer dans ces lignes qui ne donneront de lui qu'une bien imparfaite idée.

MA GARENNE

RÉPONSE A UN AMI

Voilà l'hiver, me dis-tu, les arbres n'ont plus d'ombrages, les chemins sont fangeux, il n'y a rien à faire à présent à la campagne, qu'à s'y ennuyer. L'hiver, c'est la mort du village, c'est la vie, c'est le triomphe de la ville. Elle se pare, en cette saison, de tout ce que les arts, la société, les plaisirs ont de plus séduisant : là, tout est animé, varié, nouveau ; là, vivre c'est jouir. Mais toi, que vas-tu faire dans ta solitude ? Tu ne peux ni tailler tes arbres, ni courir les champs, ni explorer un site, un monument. Le froid va glacer ta muse et ton jardin : te voilà claquemuré, et je te vois, bâillant sur le jeu, sur le livre qui t'ennuie, tisonner tristement ton foyer solitaire. Encore si, comme l'ours ou le loir, tu pouvais, dans ta fourrure, t'endormir pendant quelques mois ; mais veiller et ne pas vivre, c'est mourir debout. Je te plains, mon cher philosophe ; pour moi j'abhorre le monotone : les bals, les spectacles, les salons, les amis, Paris, enfin, me rappelle, je te quitte et j'y cours.

Bon voyage, aimable mondain ; tu aimes Paris et ses plaisirs, tu as raison, chacun a les plaisirs de son caractère et les goûts de son âge, il te faut la capitale, moi, la province me suffit ; mais ne semble-t-il pas, à t'entendre, qu'on n'y puisse vivre que l'été, et qu'on est mort l'hiver quand on ne vit pas à Paris ? Je crois le contraire. On vit moins par soi quand on vit plus par les autres, ou, si tu veux, moins en dedans quand plus en dehors. Le monde, en dilatant notre existence, en affaiblit en nous le sentiment ; en le concentrant, la solitude l'augmente, et si la plus douce jouissance est celle de soi-même, le villageois, sous ce rapport, n'a rien à envier au citadin.

Mais, n'est-ce que par la jouissance qu'il faut envisager la vie ? Le devoir, pour l'être moral, ne passe-t-il pas avant le plaisir ? et quand, avant tout, il s'agit de son accomplissement, qu'importe le lieu ? Il n'est pas vrai, mon ami, que la campagne perd tous ses attraits avec les beaux jours. L'hiver, pour elle, n'est qu'une ombre dans le tableau ; la nature, comme une aimable femme, a des charmes de toute saison ; si tu étais un peu plus son homme, je te dirais que la verdure des blés, la blancheur de la neige, la tempête qui gronde, la forêt qui se dépouille, les frimats qui, en se congelant, font d'un arbre un lustre, sont encore un beau spectacle pour les yeux ; que le pays qu'on sert, le pauvre qu'on assiste, l'infortuné que l'on protége, la bonne œuvre que l'on cache sont encore une douce jouissance pour le cœur ; je te dirais qu'il y a du plaisir, quand la bise siffle sous nos fenêtres, à se réunir en cercle devant un bon foyer, à converser avec la famille, avec ses amis, à lire le livre qui nous amuse ou nous instruit, le journal qui nous parle de la politique toujours si changeante en Europe, ou des nouvelles si terribles ou si comiques de Paris, et tu verrais que la campagne a aussi son charme d'hiver, qu'elle n'a pas d'ennui pour qui sait jouir de tout, et que la Providence, en variant les saisons, n'a fait que varier nos plaisirs.

Pour moi, quoique tu me plaignes, je ne me plains de rien : je sais m'occuper et me distraire. Je laboure et plante dans les champs, je soigne mes fleurs et mes oiseaux dans ma serre, j'ai mon cabinet pour étude, ma maison, mes affaires pour devoir, mes livres, ma plume pour loisir, et pour promenade j'ai toujours ma garenne ; tu ne sais pas ce que c'est que cette garenne, il faut que je t'en parle.

C'est un petit bois situé au milieu d'une plaine, à un kilomètre de ma demeure, et tenant au grand chemin d'Orcheux par un beau verger planté en quinconce par mon père. Il y a dans ce bois des layons, des sentiers que j'ai tracés avec ma serpe, et au milieu, un banc que recouvre le lierre et la mousse et que j'ai placé à l'ombre d'un groupe d'arbres. C'est là ma garenne et ma promenade. J'y viens presque tous les jours et en toute saison, je m'y repose au frais, j'y lis Virgile, Horace, et j'y ris avec Balzac ou Paul de Kock, de la Comédie humaine. Quelquefois j'y rime un vers

Et trouve au coin du bois le mot qui m'avait fui.

Là, j'entends le rossignol qui m'enchante de ses accords, la cloche lointaine qui sonne l'angélus, le bruit strident de la diligence de Crépy qui brûle le pavé de Nanteuil, emportant ses voyageurs sur la route comme le temps les emporte dans la vie. Là, je rencontre la fouéeuse à qui j'aide à se charger du fagot qu'elle me vole, la pauvresse qui cherche des fraises, des morilles qu'elle ira vendre pour du pain, le charretier qui me coupe un manche pour son fouet, le gamin qui endommage sa culotte et mes branches pour trouver un nid ou des noisettes, et le garde champêtre qui les met tous en fuite et vient, dans son inspection, faire une pose à côté de moi.

L'été, cette garenne est mon lieu de délices : j'aime la fraicheur de ses ombrages, le chant de ses oiseaux, le parfum de ses chèvrefeuilles, ses verts tapis de mousse, sa solitude et son silence, je me plais au pied de son gros chêne dont l'épais feuillage a pour moi la même ombre dans le soleil, le même abri dans l'orage qu'il eut pour mon père et qu'il aura, je l'espère, pour mes petits-enfants. Mais je ne suis pas le seul qui se plaise en cette oasis de la plaine, les amants, les chasseurs en recherchent aussi la discrète et giboyeuse solitude.

Un jour que j'arrivais à mon banc, je trouvai ma place occupée : un jeune homme s'y reposait avec sa bien-aimée. Ils parurent surpris et embarrassés en ma présence. La jeune fille rougit, je ne sais pourquoi ; sans doute ils étaient venus là pour parler de la politique du jour, je dus être pour eux un fâcheux bien importun. Une autre fois, comme je lisais assis sur ce banc, un gros lièvre, qui se promenait ici comme dans son domaine, s'arrêta devant mes deux jambes étendues et barrant le sentier qu'il suivait ; il s'accula et se débarbouilla, puis brouta quelque brin d'herbe, flaira mes jambes, cherchant et hésitant toujours à passer par dessus. J'admirais à mes pieds cet animal si véloce, si sauvage, et que le moindre de mes mouvements allait mettre en fuite ; il écoutait sans voir et se trouvait là fort à son aise, tandis que moi je n'osais respirer à peine ; j'étais immobile comme une statue et j'entendais les battements de mon cœur. Cette position devenait par trop gênante ; l'aboiement d'un chien m'en délivra. Le lièvre disparut avec la rapidité de l'éclair ; il sortit du bois pour fuir, mais, frappé par le plomb du chasseur, il y rentra pour se cacher ; je le revis ensanglanté et poursuivi par le chien qui l'atteignit et l'étrangla encore à mes pieds. Je vis avec peine ce pauvre animal, tout à l'heure si plein de vie, maintenant sans mouvement et que le chasseur empressé ramassa en triomphe, et je regrettais que sous mes tranquilles ombrages ce bourreau de la plaine vint mêler sa joie barbare à mes plaisirs innocents.

L'hiver, ce petit bois me plaît encore et je le visite dans son deuil. Les pluies font de ses fossés des canaux, le givre des prismes éblouissants de ses arbres, et la gelée, un parquet de cristal de sa mare ; ses rameaux, déchargés du poids de leur feuillage, se redressent sous le vent qui les agite ; le grand jour pénètre dans ses fourrés éclaircis, et la feuille, que je fais crier en la froissant, cache à mes pas rêveurs son sentier que je ne vois plus ; des bandes de corbeaux, en planant sur ma tête, mêlent leurs croassements au bruit de l'aquilon qui siffle, de la grêle qui tombe, et au cri de l'oiseau de proie qui, perché sur un vieux tronc, guette la mésange qui sautille et le rouge-gorge qui chante.

Je foule avec attendrissement les débris de cette végétation ; j'aime cette mélancolie de la nature qui sympathise avec celle de mon âme ; je pense à la fin de toute chose, et je me réchauffe au rayon qui me montre que tout revit, en grossissant le bouton du lierre et de la pervenche qui verdoyent autour de moi.

Le chemin qui conduit à cette garenne ajoute encore à son agrément par l'intérêt, par la beauté de sa promenade. C'est une longue nappe de gazon semé de violettes, de serpolet et de marguerites ; il est d'autant plus tranquille, plus uni qu'il est moins fréquenté. Deux rangées de pommiers le couvrent de fleurs, d'ombrage et de fruits ; des milliers d'oiseaux voltigent en chantant sur leurs rameaux ; à droite et à gauche sont des prairies où paissent des troupeaux, des plaines où ondoyent des moissons ; puis, des villages qui forment de champêtres tableaux. Là, c'est Othis, Eve, Rouvres, Lessart ; là-bas, c'est Montagny avec son beau clocher ; plus loin, ce sont les montagnes bleuâtres de Rosières et Beaulieu ; ici, c'est Dammartin sous son aspect le plus pittoresque ; il ne montre par ici que ses constructions qui regardent le nord. C'est d'abord son petit château de la Tuilerie, qui s'enveloppe de son parc ; au-dessus apparaissent en tournant les grandes aîles des moulins du Jard (1). Puis, c'est son antique forteresse convertie en rotonde de verdure, et qui n'a conservé de sa masse qu'une forme qui s'efface et de son puissant seigneur qu'un nom qui s'oublie.

Que lui firent ces biens que le sort nous adjuge?
Qu'est un palais alors qu'un linceul nous suffit?
Il fut riche, il fut grand ; mais quand mort on le juge,
Est-ce par ce qu'il fut? Non, c'est pour ce qu'il fit.

(1) Ces moulins n'existent plus.

Ce n'est que par le cœur, par l'esprit, par soi-même
Qu'on mérite l'hommage à notre nom rendu.
Tout s'efface de l'homme hors son bienfait qu'on aime,
Et qui donne à sa tombe un parfum de vertu.

Ce sont ses églises de Notre-Dame et de Saint-Jean, vieux monuments que les siècles retrouvent toujours à la même place, et dont les clochers se perdent dans la nue. C'est encore le petit domaine de La Corbie, agrandi et embelli par M. Hémar; l'ancien hôtel de Gèvres, habité aujourd'hui par des religieuses qui en ont fait une maison d'institution ; la grande maison de l'école communale et de la salle d'asile, construite sous l'administration et par les soins de M. de Montbrun, maire de la ville; le vieux bâtiment de l'hospice et l'école des petites filles où l'enfant reçoit l'instruction qui la forme pour le monde, et le vieillard les soins religieux qui le préparent pour l'éternité.

Le 19 avril 1825, j'eus l'honneur, comme maire-adjoint, d'accompagner dans cet hospice Madame la Dauphine, duchesse d'Angoulême Cette princesse passait à Dammartin où ses voitures furent relayées ; elle venait de visiter l'église de Notre-Dame, qui était fermée alors, et que, pour la rendre au culte, nous avions recommandée à sa protection. Je me souviens qu'en voyant le monument d'Antoine de Chabannes, elle demanda quel était ce guerrier.

— Madame, lui répondis-je, c'est le comte de Chabannes ; c'est ce héros qui, sous Charles VII et Louis XI, défendit le trône de vos augustes ancêtres contre l'Anglais usurpateur et le Bourguignon infidèle : il nous a laissé l'exemple du dévouement, de la fidélité pour nos rois, et nous vous recommandons dans ce temple le monument de sa piété.

— J'y ferai ce que je pourrai, répondit-elle.

A quelques pas de là, elle s'arrêta devant le banc d'œuvre, et je vis ses yeux s'humecter de larmes ; elle venait de les fixer sur deux tableaux encadrant des copies du testament de Louis XVI et de Marie-Antoinette. On n'avait pas songé à retirer ces tableaux.

Au sortir de l'église, M. le maire et moi nous la conduisîmes à cet hospice. Les sœurs de charité ouvrirent devant nous ses salles et sa chapelle ; elles invitèrent la princesse à visiter aussi leur école. Elle était au premier étage, l'escalier était tortueux et en vétusté : la supérieure en demandait pardon à la princesse, qui montait en s'appuyant d'une main sur le mur et tenant de l'autre sa robe relevée.

— Laissez, madame, lui dit-elle, j'en ai monté de plus mauvais que celui-là

Sans doute, elle voulait faire allusion à l'escalier de la tour du Temple. Une centaine de petites filles se levèrent et saluèrent en sa présence. Elle entendit leurs compliments, les accueillit et leur adressa des paroles de bienveillance qui furent très-agréables à ces écolières, en finissant par la demande d'un congé. Avant de partir, elle donna pour les pauvres, et, plus tard, elle contribua puissamment au rétablissement de Notre-Dame.

Marie-Thérèse-Charlotte de France, duchesse d'Angoulême, peut être considérée comme le type de ce qu'il y a de plus élevé par la naissance et de plus infortuné par les événements. Héroïne de toutes les vertus comme de tous les malheurs, elle expérimenta bien douloureusement que lorsque Dieu nous éprouve, il mesure notre misère sur notre élévation.

Après 40 ans passés dans l'exil, elle repose aujourd'hui sur la terre étrangère, entre Charles X, son beau-père, et le duc d'Angoulême, son époux, dans les caveaux de l'abbaye des Bernardins, à Goritz (Allemagne), selon ses dernières volontés. Elle eut un trône pour naître, un exil pour mourir; mais sa vie et sa mort sont un grand exemple en même temps qu'un grand enseignement, et son souvenir, qui se rattache à ce que la France a de plus saint, de plus illustre, sera toujours cher à Dammartin comme à toutes les âmes pieuses et sensibles, comme à tout ce qui honore le malheur et la vertu.

On dit qu'ouvrant des cieux les portes éternelles,
Des anges emportaient son âme sur leurs aîles;
Qu'un groupe de martyrs lui parlait en ces mots :
« Viens avec nous, chère âme, en ces lieux de délices
« Où se plait l'innocence, où règnent les justices,
« Ou les biens rachètent les maux ;
« Viens, c'est dans ces splendeurs divines,
« C'est chez ces anges sans défauts,
« Qu'on trouve des jours sans tombeaux,
« Et des couronnes sans épines,
« Et des trônes sans échafauds. »

Je reviens à mon sujet. Telle est, mon ami, ma garenne et ma promenade, telles sont mes occupations et mes loisirs. Tu vois, par ces détails, que si l'hiver a ses charmes à la ville, il a aussi quelque attrait à la campagne ; que pour le sage, le secret du bonheur est de savoir s'accommoder de toute saison comme de toute chose, et qu'entre deux hommes dont l'un sait jouir et dont l'autre sait profiter, le plus à plaindre n'est pas celui qui occupe le mieux son temps.

Mais l'heure me rappelle, je quitte cette garenne et je vois, en revenant chez moi, le spectacle inspirateur d'une magnifique soirée : à l'orient, la lune se lève sur la montagne de Montgé, au milieu des nuages qu'elle argente, à l'occident le soleil fait un océan d'or de l'horizon, où il se plonge et descend majestueusement sur le sommet de Montmélian. Ces deux grands candélabres du ciel en illuminent la voûte ; bientôt la nuit déplie ses voiles, un silence solennel se fait dans les campagnes, l'étoile scintille comme un œil ouvert dans les ténèbres et l'on croit voir Dieu lui même allumant des milliers de flambeaux pour le coucher de la nature, tandis que sa grande ombre plane sur les mondes endormis.

Pendant ce temps, mon ami, tu jouis des ineffables plaisirs que te donnent les bruits de la foule et les drames de la scène éclairée par des becs de gaz.

DU RESPECT DES VIEILLARDS

On se plaint que les jeunes gens n'ont plus aujourd'hui pour les vieillards le même respect qu'ils leur portaient autrefois. Cette plainte n'est pas nouvelle ; elle me rappelle ces vers de Mme Deshoulières :

On cherche avec ardeur une médaille antique,
D'un buste, d'un tableau, le temps hausse le prix,
Le voyageur s'arrête à voir le vieux débris
D'un cirque, d'un tombeau, d'un temple magnifique,
Mais pour notre vieillesse on a que du mépris.

S'il en était ainsi au temps de Mme Deshoulières, ce temps valait moins que le nôtre, car de nos jours on ne méprise un vieillard que lorsqu'il est méprisable.

Il y a trois sortes de respect : le premier se rattache à l'âge, c'est de la vénération ; le second, au rang, à la place, c'est du devoir ; le troisième, au mérite, c'est de l'estime. Celui-ci est le plus honorable, parce qu'il s'adresse à la personne même.

Est-il parmi nous beaucoup de vieillards à qui ce respect soit dû ? Oui, pour l'honneur de l'humanité, hâtons-nous de le dire, il en est encore, et dans toutes les classes, qui ne le doivent qu'à eux-mêmes ; ceux-ci par le génie, ceux-là par l'héroïsme, d'autres par la sainteté, par la sagesse de toute leur vie. Tels devaient être ces savants, ces sages de la Grèce et de Rome, ces augustes vieillards de l'Aréopage et du Sénat qui, dans leur humble foyer ou sur leur chaise curule, conservaient cette dignité d'action et de parole, cette imposante gravité qui inspirent la vénération et commandent le respect. Tels furent et sont encore chez nous tous ces hommes de mérite et de dévouement, tous ces cœurs aux grands exploits, tous ces esprits aux grandes pensées dont la patrie s'honore et qu'une croix décore moins que leurs œuvres.

Tels sont aussi dans nos campagnes ces modestes et honnêtes artisans du commerce et de l'industrie, ces vieux ouvriers de la terre qui ont vécu sans bruit, dans la simplicité des mœurs, et qui, dans leur antique bonne foi, dans leurs sincère dévotion, rappellent les temps bibliques et montrent encore quelque chose de patriarchal.

On s'incline involontairement devant ces hommes, on se plaît à leur rendre, avec le respect qu'on leur doit, l'hommage qu'ils méritent. Tel est l'ascendant de l'homme supérieur ou vertueux, qu'en telle position qu'il se trouve on a pour lui une sympathie irrésistible. Socrate, Phocion, Aristide excitaient plus d'intérêt dans leur malheur que la fortune de leurs tyrans n'excitait d'envie. Caton déchirant ses entrailles était plus admiré que César triomphant ; les fers de Vincent de Paul avaient aux yeux mêmes des forçats plus d'éclat que les diamants du Croissant, et un Charles Ier, un Louis XVI, montant sur l'échafaud, inspiraient plus d'intérêt qu'un Cromwell sur le trône.

L'âge, la dignité, le costume ajoutent encore au respect de la personne ; on est toujours un peu impressionné par ce qui impose. Je ne doute pas que les hauts dignitaires ne doivent beaucoup à leurs insignes la majesté qu'ils montrent et la révérence qu'on leur porte.

Quand les soldats de Brennus pénétrèrent dans le sénat de Rome, ce qui les étonna d'abord, ce fut de voir ces pères du peuple, qui, vénérables par leur âge, par leur dignité, revêtus de leur longue robe, parés de leur barbe blanche, portaient chacun dans leur bâton d'ivoire le sceptre d'un empire, et se montraient pleins de calme et de majesté en attendant la mort dans ce même lieu où ils dictaient des lois.

Frappés d'un aspect si imposant, ces farouches soldats s'étaient arrêtés dans leur brigandage : ils éprouvaient pour cette assemblée d'augustes vieillards un respect qui pouvait sauver Rome, sans ce Gaulois étourdi qui osa porter l'audace jusqu'à insulter l'un d'eux.

Personne ne vénère plus que moi les honorables membres de notre Chambre et de notre Sénat, mais quel que soit leur mérite d'ailleurs, je doute qu'avec leurs trente ans, leurs habits étriqués et galonnés, leurs cheveux à la mode ou à la Titus, leur menton imberbe et leur air empressé, ils impriment un semblable respect, et je ne sache pas qu'ils aient jamais fait sur ceux qui, dans nos révolutions, ont violé leur sanctuaire, l'impression que fit le sénat romain sur les soldats de Brennus.

Ce qui nuit au vieillard de nos jours, c'est qu'il ne veut pas être vieux, c'est qu'il répudie tout ce qui honore la vieillesse, pour simuler ridiculement le jeune homme : c'est qu'on ne lui voit que rarement cette gravité de maintien, de langage, de conduite en harmonie avec son âge, et qui lui donne le caractère, l'autorité qui le rendent respectable.

On ne voit plus d'Abraham ni de Nestor. Les anciens se glorifiaient de la vieillesse, les modernes semblent s'en faire une honte; c'est, disent-ils, qu'elle n'est pas honorée. O vieillard injuste! laisse là ces cheveux teints ou empruntés, ces habits de damerets et ces ornements, ces manières, ce langage, ces airs juvéniles qui contrastent avec tes rides et te sont étrangers comme ces plantes parasites qui fleurissent sur une ruine. Montre-toi ce que le temps t'a fait, avoue tes années, sois vieux de bonne foi, honore ta vieillesse et elle sera honorée.

On dédaigne ou plutôt on plaint le vieillard qui se dégrade par la sottise ou l'immoralité ; mais la vieillesse du sage trouve des hommages et des respects partout. Le physique d'un homme, quel qu'il soit, est toujours vénérable quand il est l'enveloppe d'une belle âme; il s'exhale toujours de l'homme de bien comme un parfum de vertu ; sa vie est un enseignement et une sainte auréole couronne sa belle vieillesse. Tel Chateaubriand nous peint son père Aubry dans Atala, et Lamartine son Cyrille dans Child-Harold.

On rencontre encore un de ces vieillards modèles dans nos campagnes; son costume suranné, son langage incorrect, ses manières rustiques font rire les jeunes citadins, mais les gens sensés consultent son expérience, admirent son bon sens, s'édifient de ses mœurs et soumettent leurs intérêts à l'arbitrage de son jugement. Si les jeunes gens ont pour lui de l'ironie, il a pour eux de la pitié, il voit leur légèreté dans le luxe de leur toilette et le ton prétentieux de leurs manières.

Les hommes sérieux sont simples, ils s'habillent de leur mérite et paraissent ce qu'ils sont, ceux qui ne se distinguent que par leurs habits sont ordinairement les mieux vêtus, parce que souvent ils ne valent que par là.

J'ai connu dans ma seconde enfance un vieux curé de l'arrondissement de Senlis ; il habitait sous le chaume la plus humble demeure de son humble paroisse ; il n'avait pas de grands talents, mais il avait d'utiles vertus ; il comptait soixante ans au service de son Dieu et toute une vie de bonnes et saintes œuvres ; sa charité était exemplaire, sa figure réflétait la pureté de son âme et la bonté de son cœur.

Je me souviens qu'un jour, allant pour le voir, je le trouvai dans son cabinet, à genoux et prosterné devant un crucifix ; je m'arrêtai sur le seuil comme devant un sanctuaire que j'aurais craint de profaner, et j'attendis dans un silence contemplatif que ce saint homme eut achevé de prier. Je le vois encore ses yeux fermés, ses mains pieusements jointes, ses longs cheveux blancs, sa soutane traînante et son vénérable front incliné dans l'attitude de l'adoration. Un pareil homme en ce moment ne commandait pas seulement le respect, il le forçait.

J'ai approché des grands dignitaires du sacerdoce et de la magistrature ; ils ne m'ont pas inspiré, dans toute leur splendeur, ce respect, cette religieuse vénération que j'éprouvai à la vue de ce vieux curé prosterné sous sa chaumière devant son crucifix de bois.

Et dans les villes, manquât-on jamais de respect envers ces vieux guerriers, ces vétérans de la science, ces martyrs du dévouement, ces héros de l'humanité, du patriotisme, ces créateurs d'arts utiles, et envers ces saintes femmes qui sont des anges de bienfaisance et dont la vieillesse est si belle de toute leur vie.

Voyez comme de nos jours encore on admire les exploits, les œuvres : on vénère la mémoire d'un Bayard et d'un Turenne, d'un Fénélon et d'un d'Aguesseau, d'un Eustache de Saint-Pierre et d'un d'Assas, d'un Belzunce et d'un Penthièvre, d'une Chantal et d'une Javouhey, à qui on érige des statues, tandis qu'on oublie tant d'autres qui jetèrent plus d'éclat et firent plus de bruit : c'est que la vieillesse de ceux-ci comptait des vertus, c'est que la vieillesse de ceux-là ne comptait que des années.

Quand le maréchal de Luxembourg, après la bataille de Nerwinde (1693), se rendit à Notre-Dame de Paris pour assister au *Te Deum* de ses victoires, la foule encombrait le parvis et le maréchal, qui était à pied, ne pouvait passer : le prince de Conti, qui l'accompagnait, s'écria : Place, Messieurs, place au tapissier de Notre-Dame, — faisant ainsi allusion aux drapeaux ennemis dont ce maréchal avait orné les murs de l'église. Aussitôt un grand respect s'empare de la foule ; elle s'écarte et admire en silence ce vieillard que la nature avait assez maltraité, mais que son héroïsme et ses triomphes embellissaient aux yeux des spectateurs.

Et nos braves de Sébastopol, de Solférino, de Pékin ! leurs exploits, devançant l'âge, n'impriment-ils pas à tous les yeux une auréole de respect autour d'eux ?

Si, aujourd'hui, la conduite du jeune homme envers le vieillard est différente de ce qu'elle était autrefois, c'est moins l'effet de son éducation que de son instruction. Quand il était moins éclairé, il avait pour le vieillard un respect plus traditionnel que raisonné : le prestige de l'âge imposait à son ignorance, à sa crédulité ; il voyait en lui comme un prophète ; sa parole était un oracle, sa conduite un exemple, son jugement une autorité : quoi qu'il dise ou qu'il fasse, il était toujours écouté et approuvé, parce qu'on ne savait ni mieux faire ni mieux dire ; il était jugé par son âge bien plus que par son mérite, et, à la faveur de ses cheveux blancs, tout ce qui venait de lui passait sans contrôle et sans examen

Mais ce temps n'est plus où l'instruction n'était que rudimentaire, où le jeune homme, longtemps enfant, écoutait avec une foi émerveillée les contes ridicules, les miracles, les prodiges absurdes que racontait sérieusement un vieillard insensé ; la science, aujourd'hui, profite à la raison, le réel a remplacé l'imaginaire, l'homme a de tout des idées plus justes et plus vraies, il sait mieux ce qu'il sait, son estime est plus relative et son admiration mieux fondée.

Le jeune homme, mieux instruit, plus tôt émancipé, apprécie mieux les hommes et les choses ; il proportionne son hommage au mérite ; il n'a pas de déférence aveugle ; il sait distinguer un personnage de son habit, et, le dépouillant de tout prestige, il mesure sur ce qu'il vaut le respect qu'il lui doit.

On dit communément : je suis votre aîné, vous me devez le respect. Oui, si vous en êtes digne ; mais si, en vieillissant, vous avez moins gagné que perdu, si vous êtes resté sot, méchant, querelleur, débauché, harpagon, si l'âge fut pour vous sans profit, sans maturité, s'il n'a fait qu'ajouter à vos défauts, en un mot, si vous êtes corrompu, avili, quel respect vous dois-je ?

On ne vaut ce qu'on est que par le cœur qu'on a,
Et l'on est honoré qu'autant qu'on s'honora.

Respecter le vice, c'est moins honorer l'âge que déshonorer la vertu. Il faut que les jeunes gens aient pour tous cette urbanité, cette politesse que réclame le commerce de la société ; mais il faut que les vieillards soient respectables, s'ils veulent être respectés.

L'AGRICULTURE

LE COMICE AGRICOLE A DAMMARTIN

(1865)

Voyez-vous là-bas dans la plaine
Ces hommes, ces bœufs, ces chevaux,
Luttant à conduire sans peine
Charrue, herses, faucheurs, rouleaux ;
Et là, près de ce fort antique,
Cette tente, cette musique
Pour le triomphe du vainqueur ?
C'est le concours, c'est le comice,
Pour l'instrument, pour le service,
Pour l'ouvrier de bon labeur.

Venez, ouvriers de la terre,
Femmes de bien, bons serviteurs,
Humbles cœurs qui savez bien faire
Pour l'honneur et non les honneurs,

Venez, de cette main rustique
Qu'aux champs, sous le toit domestique
Occupent des soins assidus,
Recevoir d'un jury qui juge
La médaille qu'on vous adjuge
Pour vos travaux et vos vertus.

Et vous, hommes d'intelligence
Qui faites nos célébrités,
Et du flambeau de la science
Répandez sur nous les clartés,
Dans vos œuvres qui nous sont chères
Vous nous racontez de nos pères
La vie et les faits méritants,
Et par le burin de l'histoire
Vous transmettez à la mémoire
Les merveilles de notre temps.

Et vous qui servez la patrie
Ou la charmez par de beaux vers ;
Et vous dont l'active industrie
Créa ces instruments divers
Qui, dans nos champs comme à la ville,
Rendent le travail plus facile,
Le produit meilleur et moins lent ;
Écoutez, recevez encore
La mention qui vous honore
Et le prix qu'on donne au talent.

Pour ce comice, cette fête
Dont vous nous faites un beau jour,
Pour cette arène par vous faite
A nos laboureurs d'alentour,

Au nom des arts, de la culture,
De la vertu vêtue en bure,
Au nom de notre ville aussi,
A vous, jurés que l'on vénère,
Lauréats que l'on rémunère,
A vous tous, honneur et merci.

Et toi, riante agriculture,
Mère des lois, des mœurs, des arts,
Salut! les dons de la nature
Couvrent tes champs et nos bazars.
A ta déesse bienfaisante
L'antiquité reconnaissante
Jadis a dressé des autels,
Et de Cérès et Triptolème
Toujours l'art utile qu'on aime
Sera révéré des mortels.

Près de Memphis ta main féconde
Du vieux Nil les humides bords;
En Perse, aux perles de Golconde
L'indou préfère tes trésors;
Le chinois qui t'aime et t'honore
Voit son roi, t'enseignant encore,
Ouvrir un sillon tous les ans;
Et Rome en ses pompeuses fêtes
Fut moins riche de ses conquêtes
Que de tes célestes présents.

Il n'est pas sans toi d'opulence,
Tout vit par ta fécondité,
Les rois te doivent leur puissance,
Les peuples leur prospérité;

En vain la famine, la guerre
Ravagent, dépeuplent la terre,
Tes bienfaits réparent ce tort ;
Partout ton soc qui vivifie
Ouvre les sources de la vie
Sur les ruines de la mort.

La cité nous rabaisse à l'homme,
Les champs nous élèvent à Dieu,
Tous les arts sont petits en somme,
La nature est grande en tout lieu.
C'est elle qui fait les Virgile,
Thompson, Saint-Lambert et Delille
Chantaient au sein de ses moissons ;
Et c'est où sa grandeur éclate
Que les Thalès et les Socrate
Puisaient leurs sublimes leçons.

Heureux le laboureur tranquille :
Libre de tourments et d'ennui,
Il jouit avec sa famille
D'un bonheur qu'il ne doit qu'à lui ;
Riche des dons de sa culture,
Il ignore les maux qu'endure
Le méchant ou l'ambitieux,
Et sur cette terre où nous sommes,
Malgré le mal que font les hommes,
Il voit le bien que font les Dieux.

Il voit renaître à chaque aurore
Ce soleil qui mûrit ses blés,
De beaux fruits son verger se dore,
De troupeaux ses champs sont peuplés.

Pour lui naît l'ombre, la verdure,
L'oiseau chante, l'onde murmure,
Les fleurs parfument le zéphirs,
Et la providence qu'il prie
Veut que chaque saison varie
Et ses labeurs et ses plaisirs.

Les noms, les titres qu'on encense
Sous son chaume sont inconnus,
S'il est obscur par sa naissance
Il est noble par ses vertus ;
Heureux, content de son partage,
Il cultive son héritage
Laisse un nom sans tache à ses fils,
Et par les moissons qu'il fait naître
Autant qu'un ministre, peut-être,
Il sert son prince et son pays.

Assez le laurier de Bellonne
Ombragea nos tristes guérets,
De Pan la flûte encor résonne
Sous les oliviers de la paix ;
De blonds épis ceignent nos têtes,
Cérès nous offre des conquêtes
Qui chez nous ont leur champ d'honneur,
Mêlons à la gloire des armes
D'autres triomphes que des larmes
Ne reprochent pas au vainqueur.

MORIENVAL

Morienval est un pays de près de mille habitants, il s'étend dans cette grande vallée d'Autonne qu'arrose la petite rivière de ce nom, et qui, depuis Villers-Cotterets jusqu'à Verberie, déroule les tableaux les plus riches, les plus beaux, les plus variés ; dans son voisinage est Fresnoy-la-Rivière, moins étendu, moins peuplé, mais aussi heureusement situé que lui ; ses maisons s'éparpillent dans les positions les plus pittoresques, s'étagent, se dressent, se penchent sur les versants de sa vallée ; là, elles se groupent autour de son clocher, s'entourent de leurs jardins, s'ombragent de leurs noyers, de leur vigne, s'ornent partout de verdure, de fleurs, et présentent le paysage le plus curieux et le plus champêtre.

Son terroir se compose de plaines, de prairies, de vergers, de bocages qui se couvrent d'abondantes récoltes et d'une fraîche végétation. Au milieu de cette oasis du Valois, on voit s'élever sur un bâtiment moderne la longue colonne d'une cheminée à vapeur : c'est une fabrique de sucre de betterave dont la construction s'achève et dont le travail doit occuper une centaine d'ouvriers ; ailleurs c'est une fabrique de roulettes de cuivre ; ces établissements marient ici l'industrie de l'art avec le travail des champs, et le soir, sur le même banc de repos, l'artisan fraternise avec le laboureur.

L'église est un monument remarquable et qui a aussi ses souvenirs historiques ; elle est, comme celle de Saint-Leu-d'Esserent, surmontée de trois clochers en pierre dont le plus haut, celui du portail, est couvert en ardoises ; son architecture est de l'ordre roman ; tout y est de plein cintre ; ses piliers, son sanctuaire, son abside portent le cachet d'une haute antiquité ; sa construction remonte au IXe siècle. On remarque sous le porche, en entrant à gauche, la statue en pierre d'un guerrier couché horizontalement à terre sur une pierre tumulaire ; sa tête repose sur un oreiller, une espèce de scapulaire lui enveloppe une partie du corps, son bras droit a été brisé, il tient un écu en losange de la main gauche, et foule un lion sous ses pieds.

Cette statue, qui a deux mètres de longueur, est celle de Florent d'Hangest, seigneur d'Ivry, chevalier célèbre du XIIe siècle : ce guerrier suivit Philippe-Auguste en Palestine, et fut tué au siége de Saint-Jean-d'Acre en 1188 ; avant de partir pour la Terre sainte, il fit un testament par lequel il donna cent arpents de terre à l'abbaye de Morienval, dont sa sœur était abbesse alors, et demanda à y être inhumé. Ses restes, rapportés en France, furent, selon son vœu, déposés à l'entrée de l'église où sa statue les recouvre aujourd'hui, et qui était autrefois l'église de l'abbaye. On voit dans le chœur et dans la nef de longues pierres tombales qui recouvrent la sépulture des abbesses du couvent ; elles y sont représentées dans un dessin curieux et incrusté avec l'habit de leur ordre (Saint-Benoît), et tenant toutes une crosse à la main ; on attribue la fondation de cette abbaye au roi Robert. La tradition rapporte que la statue de ce roi se voyait en marbre blanc dans l'église de cette abbaye, aujourd'hui paroisse du lieu, et que, vers la fin du XVIIIe siècle, les religieuses la firent enfouir en terre pour la soustraire au désastre qu'on redoutait ; mais ce désastre n'eut pas lieu à Morienval, son église et les tombes qu'elle renferme échappèrent, m'a-t-on dit, au vandalisme révolutionnaire.

Parmi ces tombes, il en est de très-anciennes, gisant depuis des siècles dans des caveaux que le hasard fait quelquefois découvrir ; un jour, une dalle de l'église s'enfonça et disparut dans un trou noir et profond ; des enfants, venus avec le bedeau pour sonner l'angélus, furent les premiers qui s'en aperçurent ; l'un d'eux jeta dans ce trou la casquette de son camarade, celui-ci osa y descendre, mais en cherchant à tâtons, il sentit sous sa main le visage d'une personne, il eut peur, et s'empressa de sortir en disant : « Il y a quelqu'un là dedans. » Le bedeau y descendit à son tour, sentit la même chose, et en sortit non moins effrayé. On y introduisit une lumière, et l'on vit un petit caveau sépulcral dans lequel était un cadavre humain ; il avait la figure découverte et le corps enveloppé de bandelettes ; les aromates dont il était embaumé, et qui répandaient encore une assez forte odeur, l'avaient, pendant des siècles, préservé de la décomposition ; le cercueil en bois qui l'avait enfermé était en poussière ; on laissa ce mort qu'aucune inscription ne faisait connaître, et la dalle fut remise.

On voit encore, sur un pilier de cette église, une

pierre en marbre noir sur laquelle est une inscription en lettres d'or. La commune a érigé ce petit monument en l'honneur de M. Pierre-Henri Martin, qui fut curé de Morienval pendant 55 ans, et y décéda en 1840, à l'âge de 85 ans ; il légua, par son testament, 2,000 fr. à la fabrique, 2,000 fr. pour les pauvres; un presbytère à la commune, et son patrimoine à ses héritiers. Cet homme, me dit-on, personnifiait la bonté, la religion, la charité ; il s'était comme identifié avec son église, avec ses fidèles, et ne vivait que pour Dieu et pour eux. Il ne fut et ne voulut jamais être curé que de Morienval ; ce fut là qu'il chanta sa première et sa dernière messe. Il n'y avait pas un habitant dans la commune qu'il ne regardât comme son frère ou son enfant. Devenu vieux, il perdit la vue et resta quinze ans aveugle, mais ses habitudes étaient telles, qu'il allait partout comme lorsqu'il voyait, et que, malgré sa cécité, il put continuer les fonctions de son ministère jusqu'à sa mort.

C'était un spectacle édifiant de voir ce vieux prêtre officier à l'autel, encenser ces saints, prêcher ces paroissiens, instruire ces enfants, asperger cette église qu'il ne voyait plus, mais où le zèle apostolique et les yeux de la foi le guidaient encore ; c'en était un bien touchant aussi de le voir porter sous le toit du malheur ou de la souffrance des secours, des consolations à des infortunés souvent moins affligés que lui.

On rapporte que, sentant sa vue s'éteindre tout à fait, un dimanche il monta en chaire et parla à ses paroissiens à peu près en ces termes :

« Dieu m'afflige, mes frères, il veut que ma vue s'éteigne avant ma vie, et que je rentre dans les ténèbres avant de rentrer dans la tombe ; je me résigne à sa sainte volonté et je me consolerai de cette infirmité si ce Dieu que j'adore veut bien, en affligeant le pasteur, protéger le troupeau ; dans peu, mes frères, je ne vous verrai plus, je vais rentrer dans une nuit qu'aucun jour ne dissipera, mais vous, vous me verrez toujours, car je serai toujours avec vous, et je vous servirai tant qu'il me restera une oreille pour vous entendre, un cœur pour vous aimer, une main pour vous bénir.

« Vous, dont j'ai marié les pères et baptisé les enfants, en est-il un seul d'entre vous que je ne puisse reconnaître à sa voix et appeler par son nom ? Continuez donc de m'exprimer, comme par le passé, vos joies et vos peines, votre détresse et vos besoins, et si je n'ai plus le même œil pour les voir, croyez, mes amis, que j'ai toujours la même âme pour y compatir, le même sentiment pour les partager. Ah ! si jusqu'à ce jour mes paroles, mes exemples ont pu vous guider dans la voie de la religion, marchez-y toujours, mes chers paroissiens, selon les préceptes de l'évangile, agissez comme si je vous voyais, et ne faites rien que votre conscience et votre pasteur ne puissent approuver. De mon côté, j'agirai pour vous selon les facultés qui me restent, je vous conduirai par la parole, je vous recommanderai à notre divin Rédempteur ; je le prie aujourd'hui d'avoir sur vous les yeux ouverts quand les miens seront fermés. Hélas ! ce sera bientôt, déjà un voile épais vous dérobe à mes regards, je ne vous distingue presque plus les uns des autres ; demain, peut-être, je ne verrai plus ce beau ciel que vous verrez, ce vieux temple où, depuis 40 ans, je prie pour vous, cette commune, ce presbytère où j'étais si habitué, où tout m'est si connu ; mais après l'image de mon Dieu, après ces saints autels où je l'adore, ce que je regretterai le plus de ne plus voir, ce sera vous, mes frères, mes enfants, mes amis, vous dont la réunion ici était toujours si chère à mes yeux, vous pour qui ma voix se fera toujours entendre et dont le salut est l'objet de tous mes vœux. Ah ! je me sens ému, mes frères, et avant de se fermer au jour, mes yeux, qui vous font leurs adieux, s'humectent de larmes quand je pense que ce jour est peut-être le dernier qui m'éclaire et que je vous vois peut-être pour la dernière fois. »

Ce discours fit fondre en larmes tout son auditoire. Quelques jours après, le pauvre curé était tout à fait aveugle, et, quinze ans plus tard, il rendait sa belle âme à Dieu et rentrait dans la lumière éternelle. On voit dans le cimetière de Morienval sa tombe aussi modeste que le fût sa vie et qui marque la station où, après une laborieuse et sainte mission, s'est reposé un homme de bien.

Le lendemain, à la pointe du jour, je quittai Morienval et me remis en marche vers mon pays. Le soleil, à son lever, empourprait les vapeurs du matin et en faisait comme un nuage d'or qui planait sur la vallée. A Fresnoy je passais la petite rivière d'Autonne, j'admirais partout la beauté du site, la richesse de la végétation, le charme des habitations, j'écoutais les sons de l'angélus que l'écho répercutait au loin, qui, en réveillant le paisible habitant de cette contrée, appelait l'artisan à l'atelier, le laboureur aux champs, et sanctifiait l'heure du travail. Bientôt je traversai les grandes plaines fromenteuses où le cultivateur a sa richesse, mais où le voyageur n'a pas d'ombre, et j'arrivai à Crépy.

LE SOMMEIL

Le sommeil est l'ombre de la vie, il est à l'homme ce que la nuit est au jour, une suspension d'action. Quand nos yeux sont fatigués du poids du jour, nous sentons avec charme le besoin de les fermer sous le voile des ténèbres. Le sommeil détend les ressorts de notre machine, il nous plonge en un anéantissement dans lequel nous tombons comme dans la mort pour en sortir plus éveillés et pour rentrer plus forts dans la vie. C'est la halte des fonctions, c'est le relais et le renfort de nos facultés, et le lit où nous nous couchons est comme une tombe où nous mourons tous les soirs pour renaître tous les matins.

En état de santé, le sommeil est doux, léger, bienfaisant, il délasse de la veille et prédispose le bien-être du lendemain. De là, ce proverbe : *Les bonnes nuits font les bons jours.* Dans la maladie, il est agité, troublé, fébrile, mais il modifie la douleur et substitue le malaise à la souffrance ; il a un cauchemar et des songes affreux pour les réactions de la conscience et de l'estomac. Je ne connais qu'un remède à ce mal, c'est d'être juste et sobre. Ceux qui se couchent après la digestion ont ordinairement une bonne nuit. « Je dors bien depuis que je ne soupe plus » disait le roi de Prusse à Voltaire.

Le sommeil n'interrompt pas toutes nos facultés : souvent l'âme veille quand son enveloppe dort. C'est un miroir qui répercute dans l'ombre les actions du jour : un Néron, un Robespierre y revoient en songe leurs victimes qui les accusent ; un Penthièvre, un Vincent de Paul y tendent encore la main aux malheureux qui les bénissent. L'imagination dans le sommeil n'a plus ni jugement, ni règle, elle divague en véritable folle du logis, elle nous jette dans un monde fantastique où les objets les plus séduisants ou les plus horribles nous charment ou nous effraient ; quelquefois elle nous transporte dans des Edens si délicieux, elle nous fait voir des choses si belles, jouir de plaisirs si doux, entendre des paroles si flatteuses qu'il n'est pas de réalités qui valent ses rêves ; quelquefois aussi elle ressuscite des morts qui nous sont chers et nous les montre tels que nous les avons connus, le fils y retrouve sa mère, l'amant sa maîtresse, l'exilé sa patrie ; on croit les voir, les entendre encore. Douce illusion de la nuit, celle du jour est comme toi, sa félicité n'est qu'un songe, elle se dissipe au réveil. Combien ne l'ai-je pas maudit, ce réveil, quand il est venu arracher de mes bras l'ami que je regrette, l'enfant que je pleure, la fortune que je possédais, quand mon cœur était plein des plus douces émotions et que des larmes de tendresse et de bonheur humectaient mes yeux ; dans quel vide alors retombait mon âme déçue, et que la triste vérité avait de désenchantement pour moi !

D'autres fois, c'est le contraire. Vous vous agitez sous l'oppression du cauchemar, des taureaux furieux, des spectres épouvantables, des abîmes sous vos pas, des périls sur votre tête vous poursuivent, vous menacent, vous effraient ; vous faites de vains efforts pour fuir, pour crier, la sueur vous inonde, la respiration vous suffoque, la peur vous glace, le délire vous transporte, et l'émotion est telle que vous sortez tout tremblant, tout malade de votre rêve, et que pour vous le réveil est un libérateur.

L'âme n'a pas de sommeil, elle agit toujours en nous : le songe, le somnambulisme, le magnétisme sont des preuves de son existence et de l'action de la pensée par elle-même. Dans le sommeil le guerrier combat encore, l'avocat plaide, l'industriel invente, le philosophe médite, le poète compose. Je me souviens d'avoir fait en songe des vers que je n'ai pas désavoués au réveil ; je les possède encore et je les citerais ici si je ne me défiais de l'incrédulité. Le jour verrait de belles choses si la nuit pouvait lui transmettre ses rêves et si le somme avait aussi son expression. Les animaux ont aussi leurs songes ; le chien qui rêve le guet ou la chasse aboie en dormant.

Une des plus grandes singularités du sommeil, c'est le somnambulisme. Ce qu'on en raconte est surprenant. Nous y voyons un couvreur monter endormi sur un toit, marcher hardiment sur un comble et continuer l'ouvrage inachevé de la veille ; un homme de lettres lisant ou écrivant les yeux fermés, taillant sa plume à la lumière d'une chandelle qu'il allume et qu'il mouche au besoin ; un ouvrier menuisier polissant une planche, assemblant et ajustant les ais d'une cassette ; une couturière enfilant son aiguille et cousant un linge ; une fille d'auberge balayant une salle et posant un couvert comme pour une arrivée de voyageurs. A ces faits, j'en pourrais ajouter un qui m'est personnel, car j'eus aussi la maladie du somnambule, mais ce fut une seule fois.

J'étais à Paris, apprenti épicier chez M. Gerbet, rue Saint-Victor. Comme le débit de sucre et de café en détail était considérable le matin, je pesais et préparais la veille au soir les portions accoutumées des pratiques pour le lendemain, et je les plaçais en cornets et en petits paquets dans une case qu'elles emplissaient. Un soir qu'occupé d'autre chose je n'avais pu m'acquitter de cette besogne, j'allai me coucher fort tard avec le regret de laisser cette case vide et promettant bien de me lever le lendemain une heure plutôt pour la remplir. Quel fut mon étonnement de la trouver pleine à mon réveil ! Les cornets, les paquets y étaient rangés, pliés symétriquement comme je le faisais. J'étais intrigué, le patron me regardait en souriant, je crus qu'il m'avait devancé et qu'il avait fait mon œuvre ; je le lui dis.

— Ce n'est pas moi, dit-il, car je sors du lit.

— Mais qui donc ?

— C'est vous.

— Moi ? Comment et quand est-ce ?

— Cette nuit, à deux heures du matin, et les yeux fermés.

— Vous plaisantez.

— A deux heures on cognait dans la boutique j'y vins aussitôt (il couchait dans un cabinet voisin). Je vis dans le comptoir un homme nu en chemise, il cassait le sucre, pesait le café, faisait et rangeait les paquets tel que vous le faites ; je lui parlai, il ne répondit pas ; je l'observai, il dormait, et cet homme c'était vous ; je vis que vous étiez somnambule, je vous laissai faire, crainte de vous faire mal en vous éveillant. Quand votre case fut remplie, vous êtes remonté sous votre soupente où vous vous êtes recouché. Cela vous étonne mais c'est la vérité.

Heureusement ce somnambulisme qui m'inquiétait ne s'est jamais renouvelé, et sans M. Gerbet, qui en fut le témoin, je n'aurais jamais cru à ce rêve ambulant dont je n'avais aucun souvenir.

Le magnétisme a des effets plus surprenants encore : c'est une vue de l'âme à travers son enveloppe, c'est comme son identification dans l'individu ou dans l'objet avec lequel on la met en rapport, c'est une divination aussi admirable qu'incompréhensible. J'imagine que les oracles de la pythonisse d'Endor, de la Sibylle de Cumes, de l'Apollon de Delphes, si miraculeux, si divins aux yeux d'un vulgaire ignorant, n'étaient aux yeux de la science autre chose que les effets du magnétisme. Il est appelé à jeter un grand jour sur les principes constitutifs de l'être pensant. Parmi les nombreuses citations qu'on pourrait faire de ses effets, je me bornerai aux deux suivantes qui constatent des faits authentiques.

Un médecin qui réfutait le merveilleux du magnétisme, quitte un jour son pays et vient à Paris, moins pour s'en convaincre que pour le combattre. Le soir même, il est introduit, armé de son incrédulité, dans une chambre où une femme profondément endormie parlait dans un cercle, sous l'influence du magnétisme. Mis en rapport avec elle, on lui demanda quelle était la profession de ce monsieur.

— Médecin, dit-elle.

— D'où vient-il ?

— De la campagne.

— A-t-il laissé quelqu'un chez lui ?

— Oui, une jeune personne.

— Quel âge a-t-elle ?

— Seize ans.

— Qu'a-t-elle fait dans la journée ?

— Elle a brodé dans un salon, elle s'est promenée dans le jardin, elle a arrosé des pots de fleurs sur une terrasse.

— Que fait-elle en ce moment ?

— Elle est dans sa chambre, elle ferme un livre, elle se déshabille pour se coucher.

— Est-ce tout ?

— Non .. attendez... elle s'agenouille, elle prie.

— Que dit-elle ?

— Attendez... elle prie pour son oncle.

— Répétez-nous sa prière ?

Et la magnétisée répéta mot à mot la prière, comme si elle l'entendait. Le médecin, qui lui-même avait fait poser les questions et qui, reconnaissant la vérité dans les réponses, sentait son incrédulité se convertir en doute, prit un crayon et écrivit sur son calepin les paroles de cette prière ; puis il repartit aussitôt et rentra chez lui au lever de sa nièce.

— Eh bien ! ma fille, lui dit-il, qu'as-tu fait hier en mon absence ?

— Mon oncle, j'ai brodé au salon, je me suis promenée dans le jardin, j'ai arrosé mes pots de giroflée et de réséda sur la terrasse, je me suis un peu ennuyée.

— Et le soir ?

— J'ai fait ma prière et je me suis couchée.

— Qu'as-tu dit en priant ?

— Mon oncle, pourquoi cette question ?

— Je veux savoir.

— Eh bien ! j'ai prié pour vous.

— Répète-moi ta prière.

Et la jeune fille répéta. L'oncle lut ce qu'il avait écrit : c'était les mêmes paroles. Alors, s'il ne fut pas convaincu entièrement, il le fut plus qu'à demi.

Voici maintenant ce que nous avons vu il y a quelques mois à Dammartin. Un physicien y donnait des soirées de physique et de magnétisme. Sa femme, magnétisée par lui, répondait à ses questions ; elle avait déjà surpris un nombreux auditoire par des révélations dont la preuve était sous les yeux de tout le monde. Un monsieur venait de recevoir une lettre qui lui venait de loin, il ne l'avait pas décachetée encore ; interrogée sur son contenu, elle le dit mot pour mot. On lui demanda de celui-ci ce que renfermait sa bourse ? elle le dit en expliquant la différence des monnaies ; de celui-là, d'où venait son chapeau ? elle le dit en indiquant le nom et la rue du chapelier tels qu'ils étaient sur l'adresse collée au fond de ce chapeau, que celui qui le portait avait sur la tête ; d'un autre, quelle heure il était à sa montre qui était dans son gousset ? elle le dit avec mention des minutes. Et tout cela était vrai.

Un marchand forain, qui doutait encore et qui voulut l'éprouver, mit, sous sa blouse, une pièce qu'il crut être de cinquante centimes dans sa tabatière qu'il ferma bien, et lui fit demander, en la lui présentant, ce qu'elle était et ce qu'elle contenait.

— Cette tabatière est de corne, dit-elle, elle est fermée à trois charnières, elle est à moitié pleine de tabac et, dans ce tabac, il y a une pièce de dix francs en or.

Le marchand de se récrier et de dire bien haut :

— Elle se trompe, c'est une pièce de dix sous.

On ouvrit la tabatière et l'on y trouva la pièce d'or. Le marchand, surpris, se fouilla et reconnut qu'en effet il avait pris de sa poche, sans la voir, une pièce d'or mêlée avec des pièces de cinquante centimes, et la seule qu'il eût sur lui. Il fut pleinement convaincu et le public le fut comme lui.

Mais sous le magnétisme, la pauvre femme n'en pouvait plus. Elle était dans un état convulsif, la sueur lui coulait du visage, sa respiration devenait haletante, il y avait violence en elle, on voyait qu'elle souffrait, son mari fit cesser le charme et elle se réveilla comme une personne qui sort fatiguée d'une lutte et soulagée d'un fardeau.

Maintenant, explique qui pourra cette vue intuitive, ces visions inconcevables, ces rapports instinctifs de l'intellect qui nous révèlent notre double nature ; pour moi, je le répète, je n'y vois toujours qu'un regard de l'âme lisant dans la nuit du mystère, qu'une faculté qui voit, touche, sent et se transporte sans l'intermédiaire des sens, qu'une opération de l'esprit agissant par lui-même pendant le repos de la matière, et ces visions, ces révélations, cette vertu divinatrice sont un des plus beaux priviléges du sommeil.

O sommeil ! bienfait du Créateur, image de la vie intérieure et non de la mort, ton oreiller repose le corps et tes songes occupent l'esprit ; tu délies les liens de l'âme et rassérènes le cœur ; si la raison t'abandonne, l'imagination te remplit de ses plus délirantes illusions ; tu as des rêves de bonheur pour le juste et des insomnies d'angoisses pour le coupable, souvent tu visites le pauvre sur son grabat et tu délaisses le riche sous ses lambris : tu suspends les chagrins de l'affligé et tes pavots bienfaisants endorment la souffrance ; ton repos salutaire rafraîchit les sens, délasse les organes, répare les forces et rend au corps sa souplesse, à l'homme son énergie. Les oiseaux, les animaux, la plante même partagent avec nous tes bienfaits ; par toi le condamné se dégage de ses chaînes, recouvre en songe sa liberté, et possède un bonheur qu'il va perdre au réveil ; par toi le malheureux privé des jouissances du monde jouit encore de celles que tu donnes ; par toi, et sous l'aspiration du chloroforme, le fer nous opère sans douleur, et nous cessons de souffrir sans cesser de vivre ; par toi enfin une moitié de la vie est une compensation de l'autre et la nuit essuie les larmes du jour.

Ah ! puissent tes ombres être légères à tous les yeux, puissent tes nuits n'avoir que de douces rosées pour notre heureuse terre et des songes consolants pour notre pauvre humanité.

LE PÈRE GUAY

Il y a dans les campagnes des hommes obscurs qu'honorent des faits éclatants ; des mérites inappréciés, des talents, des génies inconnus ; des braves qui, redevenus simples ouvriers, portent sur une blouse qu'on dédaigne une croix qu'on envie.

J'ai vu de ces braves chez nous, ils parlaient de leurs exploits comme ils eussent parlé de leurs travaux des champs, citaient des traits d'héroïsme comme des faits ordinaires ; ils s'étonnaient qu'on les admirât et ils en avaient laissé toute la gloire à d'autres, n'en gardant pour eux que de nobles blessures.

J'aimais à voir à leur boutonnière ce ruban de la Légion passé et fané comme l'habit, comme le brave qu'il décorait, mais que le souvenir d'une belle action lustrait toujours, et cette étoile d'honneur qui, même parmi les brillants du jour, faisait remarquer le vieux soldat dont elle rappelait la valeur, et l'humble citoyen dont elle ornait les vertus.

La croix d'honneur honore selon qu'on en est plus ou moins digne, elle tire son plus beau lustre du mérite qu'elle décore, elle n'est belle que sur un noble cœur que lorsqu'elle est le prix d'utiles travaux et non la parure d'un vain titre ; qu'elle fait penser à ce que nous sommes et non à ce que nous devrions être ; qu'elle est pour nous une louange et non un blâme. Dans les lieux élevés, il peut y avoir quelque équivoque sur son origine, dans les bas étages on est plus sûr de son mérite.

Mais trop souvent dans sa commune, le brave des chaumières, le légionnaire en blouse est moins connu par sa croix que par son hoyau : on n'y estime que par la tâche de la journée ce courage qui affronta les plus grands périls ces mains victorieuses qui défendirent le pays ; il y végète en lutte avec les privations et les besoins, il cache un mérite réel dans la foule des mérites d'emprunt, comme une bonne pièce parmi des fausses. Quand il meurt, sa croix est le seul trésor qu'il laisse, la seule pompe de ses funérailles, le seul orateur de sa tombe, elle rappelle une valeur oubliée, des faits qu'on ignorait, des vertus qui étonnent ; elle pare son cercueil, acquitte l'hommage de la patrie, devance les récompenses à venir et venge le deuil de sa mort de l'obscurité de sa vie.

Tels furent de nos jours, à Dammartin, les Bougrand, les deux Aveline, les Vaude, les Pommier, les Jama, les Champy, les Beuve, etc. Ah ! quand l'ingrat oubli plane sur leur nom, le patriote reconnaissant doit le citer, c'est un devoir pour l'histoire de le recueillir, c'en est un pour la presse de le publier.

Le père Guay (Nicolas-Etienne), de Dammartin, ne fut point décoré, mais il l'eût été pour le fait que je vais rapporter, si, comme tant d'autres, ce fait n'eût été perdu dans la multiplicité des événements dont la rapidité à cette époque emportait et confondait tout.

Engagé volontaire en 1794, il servit sous Pichegru dans les campagnes de Hollande et s'y distingua par sa conduite. Arrivé à Liége, il fit partie d'un détachement cantonné à Theux, dans le voisinage des bains de Spa : ce pays était occupé alors par les Prussiens et les Mayençais, les Français y furent reçus comme des libérateurs. Près de Theux et à quelque distance du château-fort des princes de Liége, était un puits ou plutôt un gouffre renommé par sa profondeur et l'effroi qu'il répandait. Il ne servait plus depuis bien longtemps ; ses bords, écroulés dans son abîme, ne défendaient plus sa large ouverture, dont personne n'osait approcher ; on y entendait parfois comme le bruit sourd d'un torrent souterrain ; on disait qu'il renfermait des reptiles affreux, les enfants s'enfuyaient quand ils avaient osé y jetter une pierre, c'était le trou du diable, le véritable enfer de ces lieux ; depuis peu on l'avait fermé avec de grosses pièces de bois recouvertes de bottes d'épines.

Les Français casernés dans le château y faisaient bonne chère, ils allaient à la chasse aux volailles ; un jour, poursuivant jusques sous ces épines, une poule qui s'y était réfugiée, l'un d'eux passa entre deux poutres et tomba dans le puits, on le crut perdu ; un cri d'alarme se répandit. Aussitôt, Guay accourut, c'était son camarade qui venait de tomber. Il était de son pays, il veut le sauver à tout prix. Il se fait attacher une lanterne au cou et une corde aux reins, on ouvre le puits, déjà il est entré dans sa ténébreuse profondeur, on le regarde et l'on frémit ; mais la corde est à sa fin qu'il n'est encore qu'à la moitié du gouffre, il y reste suspendu jusqu'à ce qu'on y ait ajouté celle du clocher, puis il descend encore, encore, enfin il touche au fond ;

des minutes qui sont des siècles s'écoulent..... La corde a remué, on la tire, elle amène brisé et presque sans vie le malheureux soldat, mais Guay est resté ; n'en pouvant sauver qu'un à la fois il a préféré commencer par son ami. La corde redescend aussitôt, il s'y enlace, il remonte, on le voit, on lui parle, on l'applaudit, mais le nœud se délie, il retombe au fond de l'abîme et se casse la cuisse ; il perd ses forces sans perdre le courage, la corde rattachée lui revient, il parvient à la saisir, il s'en entoure, il s'y cramponne, il fait un signal et il est remonté.

La foule se réjouit de le revoir, mais on s'afflige de son état, c'est un spectre sorti d'un tombeau ; on lui prodigue mille soins, il ne peut répondre à toutes les questions ; ce qu'il raconte épouvante ceux qui l'écoutent, on se presse autour de lui et on le porte avec son ami mourant dans une maison voisine. Ils y étaient à peine qu'un incendie se déclare, la maison est bientôt en flammes. Guay a la douleur de voir son ami perdre à ses côtés une vie pour laquelle il vient d'exposer la sienne. Il est transporté dans une autre maison. Ici vivait avec ses bons et laborieux parents une jeune grande et belle fille du pays, elle avait été témoin du courage de Guay, elle avait admiré son généreux dévouement, et ce qu'elle ressentait pour lui était déjà plus que de la compassion, elle surpassa ses père et mère dans les soins que réclamait l'intéressant blessé. Grâces à ces bons Liégeois, Guay fut bientôt en état de marcher.

Comme Bayard à Brescia, il devint l'ami, le protecteur de ses hôtes, il eut pour la jeune fille plus que de la reconnaissance : elle s'appelait Marie Servais, il l'aimait, il l'épousa, obtint son congé et revint avec elle dans ses foyers ; il y vécut en utile citoyen, éleva une nombreuse famille et mérita l'estime et la confiance publique.

Aujourd'hui, une terre où l'herbe croît, pèse dans le cimetière de Dammartin sur la tombe du père Guay, et cette belle Liégeoise est une bonne femme de 76 ans, sa veuve, de qui je tiens cette anecdote qui, toute simple qu'elle est, m'a paru valoir la peine d'être connue.

LA CLOCHE DE L'ÉGLISE

La cloche est la parole du clocher. C'est la voix aérienne qui, suspendue entre le ciel et la terre, parle de Dieu aux hommes et des hommes à Dieu. Elle a des chants de joie et des complaintes de deuil ; ses gammes expriment le cri de nos âmes sous la touche de nos destinées ; elle est au clocher ce qu'est l'orgue à l'église, mais plus populaire, elle se répand dans toutes les familles, provoque les actes religieux du foyer et signale les grandes époques de notre vie.

Enfant du sanctuaire, l'orgue ne chante que les hymnes de *Sion* ; il n'édifie que les assistants. Fille de la paroisse, la cloche parle à tous, elle proclame nos alliances, nous marque les pas de l'heure et distingue pour nous les temps, les fêtes, et les jours. Elle fait descendre la piété dans nos âmes et monter la prière sur nos lèvres ; écho de tous les cœurs, elle disperse dans l'air les saintes paroles de l'angélus et chante pour tous le cantique de tous.

Ah ! dans cette voix de bronze qui se lamente le jour des Morts, ne croyez-vous pas entendre ce bon aïeul qui vous appelle, cette tendre épouse, ce cher enfant que vous pleurez ? Consolante ou terrible, elle a pour vous des espérances ou des remords. Au milieu de vos affaires, de vos plaisirs, elle vous fait rentrer en vous-même, vous pensez à la tombe, à l'avenir, et votre conscience pure ou coupable se trouve face à face avec un Dieu qui juge. Dans la solitude elle sanctifie pour vous le silence des bois, le bruit des vents, l'écho des montagnes et mêle les saintes harmonies de votre âme aux grandes harmonies de la nature. Mais c'est dans la maison de Dieu que la cloche a pour nous de si profondes impressions : hors de là, elle ne dit plus rien.

L'origine de la cloche remonte à une haute antiquité. Son inventeur est inconnu, sa découverte comme celle du verre, de l'imprimerie, de la boussole, de la poudre et de bien d'autres choses, parait être due au hasard ou à des hommes obscurs. Cloche vient de *cloca*, vieux mot gaulois, ou du haut allemand *klochôn*, (battre). Les Egyptiens sont les premiers qui en aient fait usage. Les Hébreux, les Perses, les Grecs, les Romains l'adoptèrent tour à tour ; son usage était très-répandu dans les églises d'Orient ; mais après la prise de Constantinople, les Turcs l'abolirent, croyant que le bruit des cloches troublait le repos des âmes.

On croit que le pape Sabinien, qui succéda à saint Grégoire, est le premier qui les introduisit dans l'Eglise. La dispersion de l'armée de Clotaire au bruit des cloches de Sens, que saint Loup fit sonner et dont le son encore inconnu répandit ainsi la terreur parmi les soldats, prouve que leur usage en France ne date que des premières années du septième siècle. Ce n'est qu'en 770 qu'on commença à les baptiser. Les annonces ou appels publics se faisaient auparavant à l'aide de marteaux sur une plaque de fer qu'on appelait fer sacré.

Bientôt la cloche est devenue l'organe du culte et l'hôte de tous les clochers. On en fondit de tous les calibres et elles se sont répandues dans tout l'empire de la chrétienté. Il y en eut de monstrueuses, telles que cette fameuse Georges d'Amboise de Rouen, filleule de l'archevêque de ce nom, et celle de Moscou dont l'origine est si singulière. On raconte qu'un prince russe, ayant encouru la disgrâce du czar Pierre, fut, par son ordre, plongé dans un cachot d'une immense profondeur; son épouse vint solliciter sa grâce, mais le czar inflexible lui dit que son mari ne reverrait le jour que lorsqu'il entendrait les cloches sonner. La princesse le prit à la lettre, elle fit fondre cette énorme cloche; balancée à grands efforts sur le sol qui recouvrait le malheureux prince, elle rendit un bruit terrible qui pénétra jusqu'à lui; il demanda aux premières personnes qu'il vit quelle secousse venait d'ébranler la terre. Le czar, touché d'un pareil dévouement, rendit le captif à sa digne épouse.

Je ne parlerai pas des cloches-bourdons de Paris, de Sens, de Reims, de Saint-Denis et autres dont le bruit sourd tient autant du canon que de la cloche, je me bornerai à dire un mot de quelques cloches de nos pays.

Elève d'un vénérable prêtre, ami des cloches, j'en ai visité beaucoup avec lui; je ne saurais dire de combien de clochers nous avons fait l'ascension; c'est par lui que je sais que les cloches de Mitry et de Silly-le-Long, fortes de plus de trois mille kilogrammes, sont les plus grosses de leurs arrondissements; que celle d'Othis et de Saint-Jean de Dammartin renfermaient un alliage d'argent qu'indiquait leur son ; que parmi les dix cloches qui meublaient avant la révolution la belle tour du Mesnil-Amelot, quatre, d'un accord parfait, formaient la plus belle sonnerie du diocèse : que la plus grosse de Notre-Dame de Dammartin, du poids de neuf cents kilog., actuellement à Nanteuil-le-Haudoin, n'avait été que la huitième de Saint-Sulpice, de Paris, d'où elle provenait, et que la seconde cloche de Notre-Dame, avait eu Bossuet pour parrain. Ce bon abbé avait placé jusqu'à onze cloches dans la tour de Notre-Dame à Dammartin. Il se plaisait à les accorder. Elles formaient, sous des mains habiles, uncarillon aussi rare que curieux.

Un jour, c'était en 1814, j'accompagnais ce pasteur au petit village de Rouvres, qu'il desservait. Des cosaques nous aperçoivent, viennent à nous et veulent nous prendre quelques vêtements d'église. M. Lemire, c'est le nom du pasteur, leur montre du doigt le petit clocher où nous allons, leur fait écouter la petite cloche qui nous appelait et leur présente un Christ qu'ils baisent tour à tour ; ils nous remettent nos surplis, s'excusent, et s'éloignent. Ces cosaques étaient chrétiens russes, la cloche leur avait tout dit. Une autre fois, au penchant du Plémont près de Nanteuil, nous écoutions la clochette qui, arrivée de la veille, sonnait comme pour essayer sa voix au fond du vallon dans le clocher d'une petite chapelle que l'abbé Lemire venait de réédifier ; le prince de Condé, Louis-Joseph, qui chassait dans ces parages, s'arrêta près de nous, et parla au bon curé qu'il connaissait.

— Monseigneur, lui dit l'abbé, en lui montrant le clocheton, voici une cloche qui demande le baptême.

— C'est bien, dit le prince, j'accepte le parrainage, votre cloche s'appellera Louise, vous êtes bon royaliste, je suis bon catholique, nous devons nous entendre.

Tous les ans, le prince voulait que cent écus fussent donnés au desservant de la chapelle. C'était, disait-il, pour les mois de nourrice.

Plus grande, plus forte, la cloche des cathédrales semble exprimer la voix d'un plus grand peuple ; c'est la basse-taille du diocèse ; ses tons imposants ont quelque chose de souverain et les somptuosités de son monument révèlent l'épiscopat. J'ai vu les belles cloches de Sens, de Joigny, d'Auxerre, et j'ai entendu les échos de l'Yonne doubler au loin leurs volées harmonieuses. Les cloches de Soissons font répéter leurs mâles accents à toutes les collines qui bordent la vallée de l'Aisne ; celles de Senlis retentissent dans les profondeurs de sa forêt ; les deux grosses cloches de la cathédrale de Meaux, forment dans leur accord un majestueux concert ; on admire au milieu de la ville cette tour antique d'où partent ces sons solennels ; c'est le géant immobile qui, un jour de fête, met tout un peuple en mouvement et dont la voix formidable remplit la vallée de la Marne du saint nom de Dieu.

UN CHIEN INTELLIGENT

Depuis Homère jusqu'à Buffon, que n'a-t-on pas dit sur le chien ? tout le monde connaît le chien d'Ulysse, le chien de Montargis, le chien de Terre-Neuve, le chien du régiment, le chien de l'aveugle, le chien du berger, et cent autres chiens que leur instinct et leur historien ont rendus célèbres. Il n'est pas en effet d'animal dont les facultés approchent plus de l'intelligence humaine. L'homme parmi tous les êtres qu'il commande n'a pas d'ami plus courageux, plus dévoué, plus fidèle, ni le chien de meilleur ami que l'homme.

Frère à quelque degré qu'ait voulu la nature

a dit Lamartine : Ce qui explique leur mutuelle sympathie. On ferait des volumes si l'on voulait énumérer toutes les qualités du chien et les faits qui l'honorent à nos yeux. M. Chollet, curé de Villers-Cotterêt, a choisi le sien pour le héros de son livre : *Un Serment mal gardé.* Et quand ce petit chien auquel il nous intéresse n'aurait eu d'autre mérite que celui d'avoir inspiré cette belle œuvre littéraire, c'en serait assez pour faire partager les regrets de l'auteur sur sa perte.

Je me bornerai ici à citer quelques faits d'un chien de mon pays, qui ajoutent encore à tous ceux qui distinguent l'espèce canine, la placent bien haut sur l'échelle des êtres et justifient pour elle notre attachement et notre prédilection. Ce chien s'appelle Taupe, parce qu'il en a la couleur ; mais il est en même temps courageux comme un lion, doux comme l'agneau, malin comme le singe et rusé comme le renard ; il semble qu'il vous devine au mouvement de vos lèvres, au regard de votre œil. En fait d'adresse, de sentiment, de sagacité, il est certains hommes qui pourraient beaucoup apprendre de cet animal. Avez-vous chaud? vous lui dites : Taupe, j'ai chaud ; aussitôt, quelle que soit votre taille, il escalade votre épaule et vous décoiffe très-adroitement. Un jour que je fanais mes foins dans un grand pré, j'avais laissé au bout de pré ma fourchette et quelques vêtements. Taupe, lui dis-je, va chercher. Il part, il rapporte ma fourchette traînant à sa gueule, retourne une fois, deux fois, et me rapporte mes vêtements. — Mon mouchoir, lui dis-je, et il retourne ; ta muselière, et il la rapporte. A la chasse, il a des ruses qui déjoueraient le plus malin des renards et qui feraient supposer un entendement avec le chasseur ; il sait à la sourdine dépister le gibier, il épie la direction du lièvre et va se tapir dans l'endroit où il doit passer. Là, il reste immobile et presque invisible, puis il se lève, le rabat sur le chasseur ou s'élance à sa poursuite et l'atteint quelquefois.

Vous passez près d'un arbre fruitier, vous le lui montrez et vous lui dites : Taupe, j'ai soif ; il grimpe sur l'arbre, happe un fruit et vous l'apporte. Vous jetez votre mouchoir par dessus le mur d'un parc, il prend son élan, escalade le mur, va ramasser le mouchoir, escalade encore et vous le remet dans les mains. Malheur à celui qui querellerait ou maltraiterait son maître en sa présence, qui, le jour ou la nuit, voudrait s'introduire dans un lieu ou toucher à un objet confié à sa garde.

Mais voici qui surpasse tout ce que je viens de dire : Son maître, qui habitait Saint-Mard, met une pièce de monnaie dans sa tabatière et la donne à porter à son chien jusqu'à Dammartin, où il vient acheter son tabac ; entré au bureau, il lui remet à la gueule sa tabatière pleine et revient à Saint-Mard ; quelques jours après, ne pouvant venir lui-même, il donne, comme la première fois, cette tabatière à son chien et lui dit : va. L'animal part, arrive et gratte à la porte du bureau, entre et montre à sa gueule la tabatière : il est compris, on tire les quelques sous qu'elle contenait, on la lui remet pleine et il la rapporte à Saint-Mard, qui est à deux kilomètres de Dammartin. Depuis, cette commission fut souvent confiée à ce fidèle messager. Si un pareil chien eût existé à Rome au temps de Brennus, les oies du Capitole n'eussent pas eu seules les honneurs du triomphe.

On voit par là quels services l'homme peut tirer du chien instruit. On sait qu'il en est qui savent ouvrir ou fermer les portes, tourner la broche comme le font certains singes, plonger au fond de l'eau et en rapporter une pièce de monnaie, distinguer les gens par le flair, par l'habit, etc. Le chien est pour l'homme comme un sixième sens, ses facultés que nous nous approprions, ajoutées aux nôtres, en augmentent la puissance ; avec le chien nous courons, nous entendons, nous voyons ; nous sentons, nous nous défendons mieux. Il est pour nous un aide, une compagnie, une consolation ; il est souvent le seul qui ne nous abandonne pas dans l'adversité et qui nous regrette à notre mort ; nul animal n'a plus de droit que lui à notre affection, à notre reconnaissance. L'homme qui maltraite un chien est plus animal que lui. Mais rien dans ce monde n'est parfait pour l'homme, et ce même animal, qu'on aime pour ses qualités, est à craindre pour une cruelle maladie. Pourquoi faut-il que de tant de bonté, de douceur puisse naître l'hydrophobie, et qu'à côté de cette langue qui nous lèche soit une dent qui peut nous donner la mort?... Mais dans l'animal comme dans l'homme ne voyons toujours que le bon côté, et quoiqu'il arrive, aimons toujours qui nous aime.

ADIEUX D'UNE AME A SON CORPS

Mon hôte, c'en est fait, les ans sont arrivés,
Il faut rompre les fers qui nous tenaient rivés ;
Te voilà vieux, tu vas rentrer dans ta poussière,
Moi, je vais recouvrer ma nature première ;
Et bientôt séparés, l'un à l'autre inconnus,
Nous serons retournés d'où nous sommes venus.

Quand je vais te quitter, mon vieil ami, mon frère,
Si ma liesse est grande, un regret la modère ;
Tu me fus un bon gite où je vécus en paix ;
D'un excès de tes sens je ne souffris jamais.
Mu par un noble instinct, fort d'une raison sûre,
Tu ne me soumettais qu'au mal de la nature ;
Avec toi, quelquefois, je fus en désaccord ;
Mais tu ne m'as jamais engendré de remord.
Souvent de vifs regrets, le chagrin, la souffrance
Troublèrent ton repos, mais non ma conscience.
D'un procédé honteux jamais le déshonneur
Ne me fit sur ton front imprimer la rougeur ;

Jamais les passions insurgeant la matière,
Ne purent dans ton sein m'absorber tout entière ;
Je peignais ta pensée en tes traits, en tes yeux,
Et telle que je suis me montrais en tous lieux.

Cependant comme un autre, en ta vie incertaine,
Tu payas ton tribut à la faiblesse humaine ;
Comme un coursier rétif dont le crin vole au vent,
Emporté sous mon frein, tu bronchas bien souvent ;
Le plaisir eut tes soins, le devoir ta paresse,
Tu fis quelque folie en cherchant la sagesse ;
Mais je me trouve heureuse, en brisant mon lien,
Que le mal fut chez toi racheté par le bien,
Et qu'en nous séparant, aucun poids de la terre
N'alourdisse mon vol vers le ciel que j'espère.
Ah ! soit que j'erre au loin dans un vide sans bords,
Que je vive en esprit ou que je meure en corps,
Que je souffre dans l'ombre ou brille dans la gloire,
Toujours de notre hymen j'aimerai la mémoire.

Adieu donc, et merci, merci pour ce bon cœur
Par qui j'étais sensible à la joie, au malheur ;
Qui, sous le coup du sort qui nous frappe ou nous charme,
Avait pour tout mortel un sourire, une larme,
Fut humble par ses vœux, tendre par la pitié,
Et jamais n'a chez toi vieilli pour l'amitié.
Merci, pour cette tête où ma toute puissance
Gouvernait ta raison et ton intelligence,
Pour ces organes sains, pour ces veines, ces nerfs,
Dont j'étais le moteur par cent ressorts divers,
Où circulaient par moi le sang avec la vie,
Et dont j'entretenais l'admirable harmonie ;

Pour ces utiles sens par qui je sens, je voi,
Et rends de mille objets l'impression sur moi.

Merci, pour cette main dont j'aimais la souplesse,
Qui souvent se livrait au travail, à l'adresse,
Rectifiait l'erreur, palpait la vérité,
Servait à tes besoins, faisait ma volonté,
Et pour me récréer, sur la feuille pressée,
Soit en vers, soit en prose exprimait ma pensée.
Merci, pour cette jambe invalide aujourd'hui,
Dans tes courses jadis d'un si commode appui,
Qui, pour voir un ami, plus souvent pour m'instruire,
Te portait sur des lieux que tu voulais décrire,
Et par le mouvement t'inspirant sans efforts
Faisait marcher chez toi l'esprit avec le corps.

Comme la mienne, enfin, leur tâche est accomplie,
Ils ont reçu leur part dans le temps, dans la vie ;
Maintenant, pour jamais sans force, languissants,
Ils tombent affaiblis sous la mine des ans ;
De leur caducité je sens le poids suprême,
Et l'âge qui te glace a du froid pour moi-même.
Où sont cet œil de feu, ce cœur brûlant d'amour,
Que le ciel d'un printemps éclairait d'un beau jour ?
Où sont cette vigueur et cette intelligence
Qui défiaient la mort, doublaient ton existence ?
Beauté, force, jeunesse, un jour tout a passé ;
Tes membres sont raidis, ton être est épuisé ;
Bientôt le ver impur, dans un funèbre abîme,
Va ronger cette chair que ma présence anime ;
Sous ton ciel nous aurons fui comme une ombre, un son,
Et le monde n'aura de nous pas même un nom.

Adieu donc, mon cher hôte, à ta tombe, à ta sphère,
Hélas ! pourquoi sans moi n'es-tu que de la terre !
Et vous dont il aimait à chanter les attraits,
Adieu, car vous aussi vous avez mes regrets ;
Fontaine murmurante où pend la chevelure
De ce saule incliné qui boit ton onde pure,
Jardins qu'il fréquentait, même après son trépas,
Gardez de ce mortel la trace de ses pas ;
Toi qui l'a vu souvent rêver sous ton ombrage,
Garenne, à ses amis rappelle son passage,
Dis-leur que cet ami, par le temps emporté,
S'est souvent, en lisant, sous ton chêne arrêté.

Et toi, muse, merci, pour la gloire insensée,
Tu paras son beau front des fleurs de sa pensée.
Hélas ! il se flattait que le juste avenir
Garderait de ses chants au moins un souvenir.
Un espoir si flatteur inspirait son génie
Mais ses chants passeront sans écho dans la vie.
Puisses-tu quand ses jours seront évanouis,
D'un plus heureux poète honorer son pays !
Et si tu sus toujours embellir sa retraite,
Merci, muse, pour moi, pour lui qui te regrette.

Ainsi, quittant d'un corps l'argile en vétusté,
Parlait une âme au bord de son éternité.

SOUVENIRS D'ENFANCE

Où sont ces jours heureux
Où dans mes sens dormait encore
De ma raison à son aurore,
Le germe paresseux ?

Hélas ! je les regrette
Plus que les jours de mon printemps ;
Leurs charmes étaient si touchants,
Leur douceur si parfaite !

Qu'on ne me vante plus
La raison que nous donne l'âge ;
Dans ses jeux ingénus
L'enfant jouit plus que le sage.

Parmi de simples fleurs
Adam respire l'innocence,
Et sous l'arbre de la science
Adam verse des pleurs.

Que j'aime la mémoire
De ce temps où, de peu flatté,
D'avoir au lutrin bien chanté,
Je chérissais la gloire!

Où, jeune enfant de chœur,
Dans notre antique Notre-Dame,
Ma voix de la chrétienne gamme
Mesurait la hauteur!

Cet âge n'a pas de misère,
Tout est plaisir, bonheur,
J'étais caressé de ma mère,
J'aimais mon vieux pasteur.

Que pour moi le voyage
Avec lui présentait d'attraits!
Soit qu'au triste village
Il allât porter des bienfaits,

Ou que dans les champs, les bruyères,
Sa main cueillit ses fleurs
Qui calment les douleurs
Pour le malade des chaumières ;

Soit qu'au hameau voisin,
Dont le culte nous intéresse,
Nous partions au matin
Lui dire, et moi chanter la messe!

Toujours en ses discours
La vérité qui persuade,

De l'instructive promenade
Embellissait le cours.

Là, d'Homère ou Virgile
Il m'expliquait les doctes vers,
Et me faisait un code utile
Du spectacle de l'univers.

Là, la sainte écriture
Nous révélait un créateur ;
Vers lui s'élevait notre cœur
Du sein de la nature.

Je me souviens d'un lieu
Que le *Saint-Sépulcre* on appelle ;
Nous y venions à sa chapelle
Voir le tombeau d'un Dieu.

De la sainte montagne
Un jour nous quittions le sommet,
Et dans la riante campagne
Un étroit sentier nous guidait ;

Quand au pied d'un cytise,
Nos mains se hâtent de saisir
Une feuille d'Eglise,
Que nous dispute le zéphir.

En musique chrétienne
C'était le *salve Regina* ;
Nous l'entonnons et nous voilà
Louant Dieu dans la plaine.

Le pâtre au loin nous écoutait,
L'écho répétait ce langage,
Et l'oiseau sur l'arbre chantait,
Pour accompagner notre hommage.

Pour étude au retour
Nous aimions la géographie ;
Et nous avions pour industrie
Ou la bêche ou le tour.

La fable, et plus souvent l'histoire,
Dans leurs traits importants
Passaient en d'autres temps
De ses lèvres dans ma mémoire.

Il disait ces sages, ces fous,
Qui font nos pleurs ou notre joie,
Et qu'un Dieu juste nous envoie
Dans sa clémence ou son courroux.

Quelquefois sur la touche
Laissant errer un doigt nouveau,
J'unissais au doux piano
Les accents de ma bouche ;

Ou, d'un bruyant *Credo*
Parti des orgues triomphales,
Je réveillais l'écho
Qui dort aux voûtes paroissiales.

Ici, réglant le son
Que rendent nos cloches nouvelles,

Et de poids et de ton
Notre art les accordait entre elles.

Tel, croissant sous ses yeux,
S'écoulait ma joyeuse enfance ;
L'élève était heureux ;
Le maître avait sa jouissance.

Tout fut bientôt changé,
Hélas ! ici-bas rien n'est stable ;
Lui, devint affligé,
Et moi, je devins raisonnable :

Mais de ces premiers jours
J'aime le souvenir fidèle,
Malgré le temps, malgré son aile,
Il me sourit toujours.

Plus le présent m'afflige,
Plus je regrette le passé ;
Oh ! qu'il est bientôt effacé
L'âge heureux du prestige !

Ce temps, qui sur mon front
Efface la fraîche jeunesse,
Pour lui bientôt trop prompt,
Fit peser la froide vieillesse.

Longtemps jouet du sort
Le malheur en fit sa victime ;
Mais il a vu le port
Et je vogue encor sur l'abîme.

UN RÊVE

Ce matin j'habitais le beau pays des songes ;
Le sommeil, entouré de ses riants mensonges,
Dans cet autre univers,
Me montrait d'ici-bas les choses à l'envers.

Je rêvais qu'à l'heureux on préférait le sage,
Le solide au brillant, l'honnête homme aux flatteurs ;
Que l'opprimé partout trouvait des défenseurs ;
L'indigent des secours, l'ouvrier de l'ouvrage.

Je rêvais que dans tout présidait l'équité,
Que du peuple les lois allégeaient la misère ;
Que l'homme était plus vrai, la femme moins légère,
Que les journaux toujours disaient la vérité ;

Qu'aux cités la fortune était sans influence,
Le mérite sans envieux,
Nos braves honorés, nos artistes heureux,
Le bon sans ennemi, le méchant sans puissance ;

Que les marchands, soumis aux lois,
Ne vendaient plus, et sans rien feindre,
Que du vin sans mélange et du pain à son poids ;
Qu'un voyageur passait, sans craindre
Sur la route un gendarme, aux barrières les droits ;
Que partout nos beaux arts nous créaient du bien-être
Sans de nouveaux besoins ;
Que tant de livres neufs, faits avec tant de soins
Pour nous rendre meilleurs, nous apprenaient à l'être.

Que dans son vote un électeur
Regardait le pays avant le protecteur ;
Et que nos députés, au risque de déplaire,
Voyaient toujours le peuple avant le ministère ;

Qu'on ne voyait plus aux emplois
Que des gens dignes de la croix ;
Que talent et vertus valaient mieux que naissance,
Que le sexe honorait la pudeur, l'innocence.

Je rêvais qu'un auteur, sans être mal noté,
Pouvait sur mille abus dire la vérité ;
Que la guerre pour tous était une folie,
L'échafaud une barbarie ;

L'indépendance, un bien en tout lieu respecté ;
Qu'on ne payait plus à l'église ;
Qu'huissier et médecin valaient mieux un que deux ;
Que souffrir et plaider était peine et sottise ;
Que luxe et pauvreté n'étaient pas pour le mieux.

J'allais sans doute encor rêver bien autre chose ;
Car sans crainte en rêve tout s'ose ;
Mais rien n'est stable sous les cieux.
Du monde, tel qu'il est, le jour frappa mes yeux.

Pour ceux qu'un songe formalise,
Je m'éveillai formant des vœux
Que mon rêve se réalise.

INCENDIE DE S^{T}-SAUVEUR-LES-BRAY

TRAIT DE COURAGE DE M. DELION, INSTITUTEUR DE LA COMMUNE

C'était la nuit ; chacun était sans défiance,
Et tout dans Saint-Sauveur reposait en silence,
Quand au bruit du tocsin, des cris poussés au ciel
Ont troublé tout à coup le calme universel.
Un rapide incendie éclate, se propage,
Et d'un embrasement menace le village ;
Dans ces lieux où la paix souriait au bonheur
Le fléau croît, dévore, et répand la terreur ;
Tout n'est qu'affreux désordre, on se heurte, on se presse,
L'un combat le danger, l'autre aide avec adresse ;
Mais malgré l'eau, le fer, mille bras réunis,
Le feu gagne, s'étend au milieu du pays.

Vous qui, dans le travail, loin du faste des villes,
Passiez des jours heureux sous ces chaumes tranquilles,

Hélas ! ils vont périr, ces murs, ce toit natal,
Et ce troupeau fécond, et ce cher animal,
Qui, servant vos besoins, compagnon de vos peines,
Transporte vos moissons et laboure vos plaines.

Le chien hurle, le bœuf mugit dans les transports ;
La vache beugle et meurt après de vains efforts ;
Dans la paille fumante et soudain embrasée,
Sous la pierre en pondant la poule est écrasée.
Le feu roule partout son flot dévastateur.
Mais quel affreux spectacle ! ô regrets ! ô malheur !
Dans de noirs tourbillons c'est une jeune femme
Que la fumée étouffe et qu'entoure la flamme !...

Elle a sauvé sa mère. Hélas ! voulant encor
De quelque mince objet composer son trésor,
A travers les dangers d'une course subite,
Elle s'est élancée à son malheureux gîte.
Le feu... fuis, pauvre femme... elle ne revient plus...
Soudain avec horreur ses cris sont entendus ;
Quel homme en cet endroit, au risque de sa vie,
Ira, pour la sauver, affronter l'incendie ?
Mais Delion s'élance ; on tremble pour son sort ;
Il surmonte l'obstacle, il s'expose à la mort,
Il fonce, il entre, il voit dans sa chambre brûlante,
Sous un plancher qui croule, une femme expirante :
Il court, il la protége et l'enlève en ses bras,
Il la tire du gouffre et l'arrache au trépas.

Ah ! quel est ce mortel qui, d'un élan sublime,
Lutte contre la flamme et sauve une victime ?

C'est un cœur dévoué qui, du matin au soir,
Montre aux petits enfants, enseigne le devoir,
Et prouve qu'au besoin, sous l'œil qui le contemple
L'homme de la leçon est l'homme de l'exemple.
C'est l'homme du savoir, du secours, de l'honneur !
O commune ! applaudis, c'est ton instituteur.

Mais, recteur, vous voudrez qu'au public, à l'enfance
Il montre qu'un beau fait n'est pas sans récompense.

LE BONHEUR

Le bonheur, nous dit-on, n'est rien de positif,
Il diffère selon les lieux, les goûts, les âges,
Il en est pour les fous, il en est pour les sages.
Cette chimère enfin n'est qu'un bien relatif,
Aux uns il faut la gloire aux autres la fortune,
Ce qui fait vivre un franc tue un russe à Moscou,
Ce qu'on admire à Rome, à Pékin importune,
Et la joie à Paris est tristesse au Pérou.
L'un est content de lui par son défaut peut-être,
L'autre fait de la paix, du repos son désir,
Celui-ci dans les sens croit trouver son bien-être,
Et prend pour du bonheur un instant de plaisir.
Pour tous la nuit, le jour, le bruit ou le silence,
Sont des sujets de peine ou bien de jouissance,
Tout est pour l'inconstant plus ou moins opportun.
Malgré l'opinion commune
En tout temps, en tout lieu, quoi qu'en pense chacun,
Je crois pour l'être humain que le bonheur n'est qu'un,
Comme la vérité n'est qu'une.

Honneurs, richesses n'y font rien,
Dans un corps sain une âme pure
Avec le pain quotidien,
De l'homme selon la nature
Pour être heureux sont le vrai bien.

Mais à ce bien celui qui, savant ou poète,
De l'étude et des arts joint les attraits divers,
Et dont l'humble pensée en sa docte retraite,
Comme une onde toujours calme dans la tempête,
Réfléchit ce bel univers,
Celui qui, pratiquant la foi, la bienfaisance,
Joint aux dons de l'esprit, les tendresses du cœur,
Qui du malheur d'autrui fait son propre malheur,
Qui dans le bien de tous place sa jouissance,
Celui-la, quels que soient les lieux, le temps, le goût,
Sans le savoir peut-être ou bien sans qu'il y pense,
Jouit du seul bonheur qui soit bonheur partout.

SAINT-CHRISTOPHE

(OISE)

Saint-Christophe, vu des hauteurs de Dammartin, est le point culminant d'une chaîne de montagnes qui borne l'horizon du nord au nord-est, et qui, dans une ligne de deux myriamètres, s'étend de Fleurines à Rosières. Sur ce point culminant est une église, un château, un panorama que je voulais connaître, et un beau jour d'automne j'y dirigeai mes pas de touriste.

Je quittai la route de Meaux à Montlévêque et traversai celle de Compiègne à Chamant ; je comtemplai au bout de cette route le bel effet de la flèche de Senlis qui apparaît là comme un obélisque du douzième siècle.

Chamant est un joli village que baigne son ruisseau, qu'abrite sa forêt, et qu'orne son château qui fut habité par Lucien Bonaparte. Il était matin encore quand j'y passai ; les laitières revenaient de la ville, elles étaient joyeuses et babillardes ; sans doute elles n'avaient pas rencontré le galactomètre. Je m'enfonçai par une route ascendante sous les voutes profondes de la forêt d'Hallate, et j'arrivai sur un vaste plateau que des bois environnent, que la charrue laboure, et à l'extrémité duquel s'élève le mamelon et le hameau de Saint-Christophe.

Ce hameau se compose d'une vingtaine de maisons, elles se groupent au pied d'une église antique et d'un château encore moderne. C'était au quinzième siècle un fief d'où relevait la terre de Valgenceuse. J'y remarquai deux belles fermes d'où le travail, l'activité répandent l'animation sur cette montagne. Je vins m'asseoir, pour me reposer un peu de 24 kilomètres de marche, sur le point le plus élevé, et de là, j'explore visuellement le tableau synoptique qui se déroule sous mes yeux. Vers le nord-ouest, c'est Chantilly et sa forêt, Saint-Leu et sa vallée, Montataire et ses forges, Creil et son fleuve, Pont-Sainte-Maxence et son pont magnifique, chef-d'œuvre du célèbre Perronnet. Vers l'Est, c'est Monté-piloy, et sa vieille tour, Beaulieu et ses belles fermes ; Rosières et son château, Nanteuil et sa Nonette. Là-bas, sur leurs montagnes, ce sont Montgé et ses vignobles, Dammartin et ses moulins, Montmélian et son antique chapelle, Luzarches et son château moderne enté sur une ruine comme une greffe sur un vieux tronc. Ici, Senlis est au premier plan et domine dans le tableau ; ses cloches harmonieuses retentissent en ce moment et leurs volées arrivent jusqu'à moi. Voici Aumont et sa Butte-Blanche, Vineuil et son grand parc clos de murs, Apremont et son clocher à deux girouettes, Balagny et ses grandes plaines, Fleurines et sa grande route de Flandre. Entre ces pays, des landes, des bois, des côteaux, des vallées, des prairies, des rivières accidentent et animent le paysage ; j'entends d'ici le roulement du wagon qui bruit dans la forêt, et quand un nuage passe sous le soleil, je vois une grosse masse d'ombre errer sur ces tableaux comme une tache de ténèbres sur le voile de la lumière.

Le château de Saint-Christophe s'élève au milieu des humbles chaumières qui l'entourent. C'est un bâtiment en forme de carré long, construit en pierre de taille, avec deux étages percés de huit fenêtres chacun, et surmonté au milieu d'un petit pavillon ; sa principale façade est tournée au sud-ouest ; son enclos, entouré de murs, est d'un hectare et demi ; par sa situation il domine tout ce qui l'environne et sa vue est immense. Ce château fut construit, en 1760, par le fameux cardinal de Bernis, auteur de plusieurs traités de paix sous Louis XV. Cet habile négociateur y venait dans les beaux jours se délasser des fatigues du ministère. Ce fut là qu'il composa quelques-unes de ces poésies légères et galantes dont il n'aimait pas qu'on lui parlât, et qui lui ont fait un nom dans le monde littéraire.

C'était là aussi qu'avant de se retirer à Rome, il réunissait ce qu'il y avait de plus illustre dans l'église et dans la robe. Plus tard, M. de Chaton, conseiller à la cour de Louis XVI, acheta ce château, mais il n'en jouit pas longtemps ; en 1793, il expia sur l'échafaud le crime d'être noble, riche, bienfaisant et ami de son roi. Sa veuve continua d'habiter Saint-Christophe, où elle fut toujours honorée et aimée. La bonne dame éprouva les inconvénients de la longévité, elle eut la douleur de survivre à ses enfants, à ses nombreux amis, elle mourut chargée de quatre-vingt-douze ans, laissant le château et cent hectares de dépendances à ses petits-enfants.

Près et dans l'enclos même du château, sont les restes de l'ancienne église de Saint-Christophe; sa fondation remonte au onzième siècle; on y remarque l'élégance et la légèreté d'une belle architecture gothique; un prieuré était attaché à cette église, et elle fut longtemps la paroisse de Fleurines, dont dépend Saint-Christophe aujourd'hui. En 1792, elle fut vendue et en partie détruite; le portail et le clocher n'existent plus, mais le chœur, ses latéraux et la croix du transept ont été conservés et méritent de fixer l'attention.

L'usage, hélas! en est bien changé. Le sanctuaire est devenu une écurie, un ratelier tient la place du maître-autel; et là, un ancien serviteur panse les chevaux où, enfant, il servit la messe; des harnais sont suspendus dans la niche où saint Christophe, patron de cette église, était vénéré. Les anciens croyaient que la vue seule d'une figure de ce saint, qui vivait dans le troisième siècle, préservait des maladies contagieuses; de là ces statues colossales qui le représentaient autrefois à l'entrée de plusieurs cathédrales. Le temps et les révolutions ont aboli ici le saint et son culte, et transformé l'église en lieux communs. La même chose se remarque à Senlis où une église est devenue salle de spectacle, et une autre, une hôtellerie.

Il est triste de voir la maison de Dieu devenir ainsi celle de l'homme, souvent celle de l'animal, et des fonctions profanes succéder aux œuvres les plus saintes. Je voudrais que ce qui fut l'objet de notre vénération dans sa splendeur, le fut de nos respects dans son abandon; que l'on ne trafiquât pas des intérêts de la terre, là où tout nous parlait des intérêts du ciel, et qu'en tombant sous les coups de l'homme ou du temps, semblable à ces vestales qui mouraient comme elles avaient vécu, un temple pût au moins périr dans toute sa sainteté.

On respire encore un parfum de piété dans ces églises en ruines qui tombent avec le cachet de Dieu ; on ne sent plus rien dans celles que l'homme a consacrées à son usage ; la foi gémit d'une semblable dégradation, et l'incrédule en autorise son scepticisme.

On montre encore sur la montagne de Saint-Christophe l'emplacement d'un vieux château qui appartenait à nos rois de la première race, et une belle source d'eau vive qui en arrosait les jardins ; les rois, le château, les jardins ne sont plus, l'humble source murmure toujours, l'art périt, la nature est éternelle.

Je revins par Senlis. C'est toujours avec plaisir que je me retrouve en cette vieille cité des forêts sylvanectes. Là, tout est plein de souvenirs historiques : ces remparts remontent à César, ces fondations sont peut-être celles de ces vieux murs dont le consul posthume, au troisième siècle, fit entourer la ville naissante. Cette terre fut la tombe de Saint-Rieul ; là, nos anciens rois avaient un château, et nos saints des temples. Voici encore l'église conventuelle de Saint-Vincent, qu'Anne de Russie, épouse de Henri Ier, fonda en 1069. C'est ici que Pépin et Carloman furent détenus, que Philippe-Auguste célébra ses noces à son retour de Reims, avec Elisabeth de Hainaut, que Henri IV vit naître son heur, que de braves citoyens combattirent contre la Jacquerie, contre l'anglais, le bourguignon, l'armagnac oppresseurs. C'est ici que naquirent les Beaumé, les

Villebrune, et plusieurs hommes remarquables dans les sciences, dans les arts, dans les armes ; là, règne le goût des talents, des lumières, des beaux-arts et l'amour du mérite. Là, les lettres sont honorées, et dans un journal (1), où mes faibles écrits trouvèrent un écho, la politique aujourd'hui sagement dirigée, le commerce, la littérature, les faits, les nouvelles du jour, trouvent une renommée qui les publie, et le public une presse qui le sert et l'instruit.

Je saluai encore cette cathédrale qu'on ne peut voir sans l'admirer, je m'inclinai sous ce bel édifice qui, toujours le même, toujours immuable, après six siècles se montre à nos yeux tel qu'il parut aux générations qui passèrent sous ses voûtes, et tel qu'il fut aux yeux de saint Louis.

(1) Le *Journal de Senlis,* dont le rédacteur en chef, M. Edmond Courtier, est précisément l'heureux et jeune propriétaire du château de Saint-Christophe.

DU PRÊTRE

Celui qui jugerait du prêtre par le livre de M. Michelet, serait loin de la vérité ; il en fait un triste tableau ; on en pourrait de même faire un fort beau, et tous deux seraient ressemblants : car de tous les ordres d'hommes le prêtre est peut-être celui qui fournit le plus au pinceau qui le dessine.

Mais pour mieux juger la question, il fallait examiner la doctrine avant le disciple, considérer son esprit, sa morale, par rapport à la société ; ses dogmes, par rapport à l'Etat ; voir si, loin d'inspirer à ses membres l'esprit de domination, d'envie et de haine, cette doctrine en leur commandant la charité et la soumission aux lois ne les porte pas à aimer, à servir et à pardonner ; et, cela une fois reconnu, conclure que tous ceux qui n'ont pas l'esprit de cette doctrine n'en sont pas les disciples.

Ne voir les choses que d'un côté, c'est s'exposer à en mal juger. Un écrivain qui ne voit que le mal partout, fait douter de son jugement ou de son impartialité ; sans doute l'Eglise eut aussi dans son sein des hommes qu'elle réprouve ; mais pour un Alexandre VI, un Borgia; un Meslier, dont elle s'afflige ; elle compte des Vincent de Paul, des Belzunce, des Las-Casas; des Fénélon, dont elle s'honore. De tout temps, il y eut de mauvais prêtres comme de mauvais soldats, cela n'empêche pas que le sacerdoce et l'Etat ne fussent des choses fort bonnes en soi.

Il ne faut pas juger du prêtre par ceux que l'histoire a flétris. Celui de M. Michelet n'est pas le prêtre de l'évangile, c'est l'apôtre mondain ; celui-là, il faut l'avouer, amolli par le luxe des villes, enlacé dans les affaires de la politique, exposé au contact des passions, emporté dans le tourbillon des grands, en lutte avec toutes les séductions du sexe, les influences du rang, de la fortune, celui-là, dis-je, ne résiste pas toujours. Mais c'est dans les campagnes, dans la grande majorité du corps, qu'il faut chercher le vrai prêtre ; c'est là qu'on le retrouve encore dans son type primitif, et dans la simplicité de son institution ; ici, ce n'est plus ce brillant abbé de salon, ce directeur complaisant de grandes dames, ce doucereux accapareur de biens et de dignités, en un mot ce grand déserteur du Christ ; c'est le plus souvent un bon vieillard, blanchi sous l'étole, bornant sa vie à de sobres besoins, son ministère à son autel, et ses désirs au bien-être de ses frères ; on l'aime, parce que sa parole est de paix et d'espérance. Qu'un malheur arrive dans sa paroisse, il est le premier à le sentir, le dernier à l'oublier ; il catéchise les petits enfants, console la famille, soulage le pauvre, et vit moins pour lui que pour tous : Si vous veniez dire avec M. Michelet que cet homme là est hostile à la société, despote de l'enfant, suborneur de la femme, ennemi du mari, vous ne le connaissez pas, vous dirait-on ; vous le jugez sur des modèles, grâce à Dieu, inconnus chez nous ; vous ressemblez à celui qui trouvant sur un arbre quelques fruits mauvais, en conclurait que tous les autres sont de même.

Combien au contraire de ménages désunis ont été réconciliés par la parole d'un sage pasteur ! Combien d'offenses pardonnées, de haines éteintes, de vengeance désarmées par sa médiation ! Voulez-vous connaître l'influence du prêtre dans une commune, comparez celle où il réside à celles qui en sont privées. Si le prêtre ressemblait au tableau de certain peintre, la société n'eût pu l'endurer ; il y a longtemps qu'il n'existerait plus. On parle aujourd'hui de lui ôter son traitement, c'est-à-dire son pain ; c'est comme si l'on parlait d'ôter à la commune pauvre, son église, sa morale et sa religion.

M. Michelet voudrait que le prêtre fût marié ; il est vrai que le célibat est un état contre nature, et que celui qui jure de l'observer promet souvent plus qu'il ne peut tenir ; mais loin de l'anéantir ou de le dégrader, le célibat ajoute à l'homme moral tout ce qu'il ôte à l'homme physique, il profite à l'âme en sens inverse du corps. L'esprit qui peut s'affranchir de la chair en est plus libre dans ses opérations, et tire d'un principe plus noble les sentiments qui le portent au bien.

La plupart des saints que nous révérons et des génies que nous admirons n'ont dû qu'à l'entière possession d'eux-mêmes les vertus et les œuvres qui les ont rendus célèbres ; le célibat, en lui-même, est un état de pureté et de continence qui ajoute à la dignité du prêtre. D'autres considérations qui se rattachent au christianisme, lui font un devoir de cet état ; celui qui est appelé à représenter la sainteté sur la terre doit avoir, même dans sa vie matérielle, quelque chose qui le distingue du commun des hommes. Il faut que nous voyons en lui plus qu'un simple mortel, et qu'il soit affranchi de nos chaînes pour mieux nous en soulager. S'il n'était qu'un prolétaire comme nous, subjugué par une femme, embarrassé d'une famille, luttant contre le besoin, préoccupé de mille soins intérieurs, d'affaires, d'intérêts, et ayant nos querelles, nos petites passions, nos tourments du présent, nos soucis de l'avenir, souffrant dans chacun de ses enfants et dévoré d'inquiétude pour tout ce qui l'entoure, quelle charité, quelle aumône pourrait-il exercer, que serait sa dignité ? Nous ne reconnaîtrions pas là l'homme divin et nous n'irions pas demander de consolations à celui qui en aurait plus besoin que nous.

Il ne faut donc pas que le prêtre soit marié ; mais s'il ne faut pas qu'il soit pauvre, il ne faut pas non plus qu'il soit riche, ou dépendant du riche, l'un et l'autre sont les écueils de sa sainteté ; la retraite, la médiocrité, voilà les sauvegardes de sa vertu.

Mais les sens ! ceux qui leur accordent le moins, dit Rousseau, en sont les moins dépendants ; tels furent, sans doute, ces anachorètes, ces pieux ermites, ces chastes servantes du Seigneur, qui vécurent dans l'austérité du célibat, et dont la vie n'est critiquée des gens du monde que parce qu'ils ne peuvent la comprendre ; ceux qui se tiennent éloignés des voluptés et ne s'occupent que des choses saintes, arrivent par degré au triomphe d'eux-mêmes. Qui donc a dit à M. Michelet que les Basile, les Ambroise, les Bernard, les Jérôme et tant d'autres ne pouvaient être que de voluptueux solitaires, de pieux libertins ? et que prouvent quelques exemples, dont il s'autorise, contre cent exemples contraires ?

Après tout, il ne s'agit ici que d'une question d'âge ; n'ordonnez le prêtre, si vous le voulez, que quand la jeunesse a jeté ses bouillons, quand les sens sont plus calmes, la raison plus forte, le jugement plus mûr, que lorsque enfin dans ce cœur éprouvé et épuré le monde aura laissé la place à Dieu.

Vous n'avez rien inventé, dit-on encore au prêtre ; vous restez étranger à nos arts, à nos lumières, à notre philosophie. Le prêtre n'a rien inventé, non, rien, que le salut de l'âme et la civilisation du monde, rien que l'amour de la charité et la pratique des vertus. Qu'étaient les peuples avant l'établissement du christianisme ; les Grecs avaient des académies pour les savants ; ils n'avaient pas d'hospice pour les pauvres ; ils récompensaient la valeur, ils oubliaient les vertus. Les Romains sacrifiaient à des dieux impudiques ou barbares, ils faisaient tout trembler sous les armes, et tremblaient eux-mêmes devant le cœur d'un bœuf ou le vol d'un oiseau. Le prêtre a appris aux hommes à ne trembler que devant le vrai Dieu, et à s'aimer tous en lui ; c'est en son nom que, dans un dévouement héroïque, il a planté sa croix dans les glaces du pôle et sous les feux du tropique ; qu'il a humanisé des peuplades sauvages, et transporté les lumières de la civilisation dans les ténèbres de la barbarie ; c'est le prêtre qui, à travers les révolutions, nous a conservé et transmis les chefs-d'œuvre littéraires de l'antiquité ; c'est lui qui, le premier, nous a fait connaître les mœurs, les usages de milliers d'insulaires, dont il fut le bienfaiteur ou la vic-victime ; c'est encore lui qui, par la plume d'un

Bossuet, d'un Bourdaloue, d'un Massillon, a doté notre littérature de ses plus rares chefs-d'œuvre. S'il n'adopte pas toutes nos innovations, s'il ne s'enthousiasme pas de tous nos progrès, c'est qu'il sait que pour l'esprit de l'homme la science est bien souvent un fruit indigeste ; c'est que quelques mots de son évangile lui en apprennent plus que les arguments de tous nos livres.

Le bon curé dont l'âme sainte
Pour nos péchés prie à l'autel,
Qui de nos malheurs entend la plainte,
Et voit son frère en tout mortel ;
Qui fait aimer sa croix au monde,
Ouvre au pauvre une main féconde,
Son seuil à tous, même au méchant ;
Qui sait bien dire, encore mieux faire,
De tous les tableaux de la terre
C'est le tableau le plus touchant.

L'AMOUR DE SOI

A M. ALEXANDRE TOUPET

Nous nous aimons bien tous chacun comme nous sommes,
Nul de nous ne voudrait être un autre que lui,
Egoïste en ce point, le plus vilain des hommes
Préfère sa laideur à la beauté d'autrui.

Le rang et la fortune excitent notre envie,
On voudrait être riche, on voudrait être roi,
On voudrait quelquefois vivre d'une autre vie,
Mais on ne vaudrait pas être un autre que soi.

J'applaudis un héros, un philosophe, un sage,
Et pour leur ressembler je fais ce que je puis,
Mais je ne voudrais pas, sous un autre visage,
Cesser, pour ce qu'ils sont, d'être ce que je suis.

Aucun nom n'est pour nous plus flatteur que le nôtre,
Et si l'on me disait : veux-tu n'être plus toi,
Tu vas être meilleur, plus grand étant un autre,
Je répondrais soudain : j'aime mieux rester moi.

Paul est gai, bien portant, Pierre toujours déplore
Le mal qui dans un lit le tient estropié.
Consultez ce malade, il aime mieux encore
Etre Pierre en son lit que d'être Paul sur pied.

Pour des biens, des honneurs, une jeune bergère
Troquerait volontiers ses charmes encor verts,
Et pour seize printemps, une vieille douairière
Donnerait sans regret ses quatre-vingts hivers.

Mais stipulant le moi, dans ce troque chacune
Tiendrait à conserver ce que rien ne flétrit,
Et, pour rester soi-même, en ce partage l'une
Voudrait garder son cœur et l'autre son esprit.

En secret c'est le moi qui toujours nous excite,
On se préfère à tout, La Fontaine l'a dit,
Pour être Achille rien n'eut fait changer Thersite,
Un poltron s'aime en soi plus qu'en un plus hardi.

L'esclave aime encor mieux être lui que son maître,
On préfère sans doute au vice la vertu,
Le bien au mal, mais non un autre être à son être,
On tient par dessus tout à son individu.

Non, malgré que l'on aime, à quelque objet qu'on tienne,
Jamais même l'amant ne met tout en commun,
Jamais entièrement le moi ne s'aliène,
Il est encore à part quand les deux ne font qu'un.

C'est qu'on se sent toujours un faible pour soi-même,
C'est que nul être humain plus que nous ne nous plaît.
Et c'est qu'il faut peut-être ainsi que chacun s'aime
Pour ne pas vouloir être autre que ce qu'il est.

Tel est l'amour de soi, mais l'homme magnanime
Pour Dieu, pour la patrie, a d'autre sentiment,
Il vit et meurt pour eux, par eux il est sublime,
La vertu d'un grand cœur est dans le dévouement.

Laissons tel qui se hait et que personne n'aime ;
Il peut troquer son sort et son moi sans danger,
Mais pour toi, mon ami, reste toujours toi-même,
A quel prix que ce soit tu perdrais à changer.

L'ESCLAVE ET L'OISEAU

Il y avait parmi les odalisques que le sultan Soliman II tenait captives dans son harem, une jeune personne d'une grande beauté : elle était de la Géorgie, de ce pays où les femmes brillent de cette fraîcheur de carnation, de cette pureté de traits qui les distinguent de toutes les autres.

Aux charmes de son sexe et de son âge, celle-ci réunissait la douceur d'un cœur sensible et les lumières d'un esprit naturel ; orpheline, seule dans le monde, candide comme une vierge, elle n'avait encore rien aimé qu'un oiseau : c'était un colibri ? Elle l'avait pris en se jouant avec un filet de soie dans un de ces bosquets de roses qu'on rencontre dans la belle vallée du Phase. Enfermé dans une élégante cagette, elle l'emportait partout avec elle, il était de toutes ses promenades, il la réjouissait par ses chants, l'amusait de ses jeux, et, dans les habitudes d'une intime familiarité, ils se donnaient innocemment les caresses d'un premier amour.

Un jour un des émissaires du Sultan, qui avait remarqué la rare beauté de cette Géorgienne, l'avait enlevée, elle et son oiseau, dans une rencontre et l'avait présentée à son maître. Le sultan, épris de sa candeur, de sa dignité, plus encore que de ses charmes, l'avait distinguée parmi toutes ses femmes. Doué d'une belle âme, il subissait près de cette jeune fille l'ascendant de la vertu ; il honorait sa pudeur, son mérite, et respectait son innocence ; il l'entourait de soins, de politesse, et tâchait, par les plaisirs les plus variés, les attentions les plus délicates, de lui faire pardonner sa condition.

Mais ce qui, mieux que le sultan, distrayait la belle recluse, c'était son oiseau ; il partageait sa captivité, dissipait ses ennuis ; il lui rappelait ses champs paternels, ses eaux, ses ombrages, ses douces et joyeuses compagnes si chers à son cœur dans ses jours de liberté ; elle s'y reportait en imagination et elle échappait ainsi à sa prison en dépit de ses murs et de ses gardiens. Il n'est pas d'esclavage pour la pensée.

Un jour que, seule dans son riche appartement dont la fenêtre ouvrait sur les eaux et les rives fleuries du Bosphore, elle tenait son oiseau perché sur son doigt : « Pauvre petit, lui dit-elle, nous ne sommes plus joyeux comme autrefois, nous sommes captifs tous deux et tu es triste de ma tristesse. Hélas ! moi je l'ai mérité ; je t'ai ravi ta liberté, c'était une faute, un crime peut-être, et le grand Etre m'en punit ; mais toi, cher oiseau, qu'as-tu fait pour être enfermé ici ? Est-ce pour une cage, pour une prison que la nature t'a donné des aîles ? Pourquoi souffrirais-tu de ma peine ? Non, je ne veux plus te retenir, c'est offenser le créateur que de rendre esclaves ceux qu'il a créés libres ; va revoir ces lieux, ce beau ciel où tu me charmais et que je ne dois plus revoir ; reprends ton vol, plane dans l'espace, joue avec le zéphir, va poser tes petits pieds roses sur les fleurs de nos prairies; pars; sois libre enfin, et moi... » — Et vous aussi, dit en entrant le sultan, qui avait tout entendu : Vous m'êtesaussi chère, madame, que cet oiseau l'est pour vous. Vous voulez qu'il soit libre, je ne dois pas être moins généreux ; je vous aime, madame, je veux que vous soyez heureuse, mais sachez-le bien, en vous rendant la liberté, je sacrifie mon bonheur au vôtre. Si un cœur tout à vous, si un trône pouvaient vous retenir, vous y régneriez, vous seriez la sultane de l'empire, vous seriez ma compagne adorée et le plus beau lustre de ma couronne : je vous les offre, madame, et vous êtes libre.

La Géorgienne, confuse, étonnée, restait indécise : elle se demandait en elle-même si quitter le harem pour une couronne, ce n'était pas changer d'esclavage. Touchée des procédés du Sultan, invitée par cette porte ouverte, elle flottait entre le devoir de la reconnaissance et le séduisant appât de la liberté, entre une vie libre et un lien doré ; insensible encore à l'amour, elle ne l'était pas à la gratitude, au dévouement ; ce dernier sentiment l'emporta. — « Seigneur, lui dit-elle, si ceux qui m'ont donné le jour vivaient encore, mon premier désir serait de voler vers eux ; cette liberté que vous m'offrez me serait chère alors, mais aujourd'hui elle m'est indifférente. Quand vous me rendez à moi-même, je ne puis oublier ce que vous avez fait pour moi ; j'ai retrouvé en vous les bontés d'un père, les soins d'un zèle officieux et la tendresse d'un ami ; vous m'avez comblée de grâces, de distinctions ; vous n'avez été un maître pour moi que pour m'honorer et me protéger, vous m'avez presque fait aimer cette vie sédentaire que vous saviez m'embellir et à laquelle me voici habituée : je n'ai plus de parents, où trouverai-je dans le monde une condition meilleure ? Vous m'aimez, dites-vous, vos respects me l'ont prouvé, et je puis vous rendre heureux. Ah ! si pour cela j'étais digne de tout ce que vous m'offrez, ce n'est pas votre trône, votre couronne que j'accepterais, ce serait quelque chose de plus cher, de plus précieux pour moi, seigneur, ce serait votre cœur et votre main. »

Quelque temps après, la belle Géorgienne trônait à côté de Soliman II, et l'oiseau avait pris son vol ; elle était sultane, il était libre : l'histoire ne dit pas lequel fut le plus heureux.

QUELQUES JOURS A LA CAMPAGNE

A UNE MÈRE QUI VENAIT DE PERDRE SA FILLE

Ces lieux que la nature embellit pour nous plaire,
Vous les avez, Madame, admirés avec nous ;
Vous avez vu ces bois, ce château solitaire,
Ces vergers si féconds, ces ombrages si doux.

Vous avez vu ces monts où le sapin, l'érable,
Sous un ciel nébuleux orne un site étranger,
Et ces rocs caverneux et ce désert de sable
Dont la pente pour nous ne fut pas sans danger.

Vous avez vu ce cloître et ces saintes ruines
Où le moine autrefois priait, vivait en paix ;
Ces vallons où brillaient mille fleurs argentines,
Ces ruisseaux murmurants qui répétaient vos traits.

Vous aimiez ces poissons et cette onde limpide
Tombant sur des rochers en bruit harmonieux,
Ces grottes de rocaille où votre pied timide
Craignait de rencontrer un reptile odieux.

Vous aimiez ces étangs où pend le long feuillage
Du saule dont le tronc penche au bord du chemin,
Où l'on voyait dans l'eau se refléter l'image
Du cygne qu'attirait le pain de votre main.

Qu'ils sont beaux ce Châlis, ce grand Mortefontaine,
Ce doux Ermenonville et ce brillant Plessis (1),
Et ce Juilly célèbre et sa sainte fontaine,
Et ce gros marronnier près de son lac assis !

Rappelez-vous encor cette antique chapelle
Et ces saints curieux et ce Christ au tombeau,
Et ce vieux Nantouillet dont la ferme modèle
Montre de grands débris d'un superbe château.

Et notre fort antique et nos vertes montagnes
D'où nos yeux contemplaient de lointains horizons,
Et nos jardins fleuris et nos riches campagnes,
Dont un soleil de mai fécondait les moissons ;

Et ce Montger alpestre où nous voulions surprendre
Ce prêtre ami des arts qu'on aime tant à voir,
Et cette belle église où vous veniez entendre
Ces beaux chants qu'à la Vierge on adressait au soir.

Ainsi vous partagiez, au sein de la nature,
Et notre douce joie et nos jeux innocents ;
Notre amitié pour vous, Madame, était bien pure,
Vous n'entendiez chez nous que de joyeux accents.

Mais ces touchants tableaux, cette heureuse famille,
Laissaient toujours, hélas ! un vide en notre cœur,

(1) Le Plessis-au-Bois.

Vous pensiez, pauvre mère, à cette chère fille,
Et son linceul encor vous voilait ce bonheur.

De quel charme nouveau parmi nous sa présence
Eût embelli ce jour, ces plaisirs et ces lieux !
Notre bonheur souvent dépend d'une existence,
Par elle tout s'égaye ou s'attriste à nos yeux.

Elle avait quatorze ans, elle entrait dans cet âge
Où la raison se forme, où naît le sentiment ;
Les grâces commençaient à parer son visage.
La candeur composait son plus bel ornement.

Encore quelques jours, et cette fleur naissante
Allait s'épanouir aux rayons d'un printemps,
Quelques soleils encore et son âme innocente
Eût joint à la beauté le germe des talents.

Unique et tendre objet des tendresses d'un père,
Elle faisait sa joie, elle était son trésor,
Elle eût eu les vertus, le bon cœur de sa mère,
Hélas ! elle n'est plus qu'une ombre dans la mort !

Trois jours ont emporté cette vierge si belle ;
Vous ne recevrez plus ses baisers précieux,
Sa voix ne répond plus à son nom qui l'appelle,
Et ses yeux sont fermés à la clarté des cieux.

Son front pur a reçu sa couronne céleste,
Les anges l'ont admise au bienheureux séjour,
Une tombe, une croix, voilà ce qui vous reste
De cette enfant qui fut votre sang, votre amour.

Déjà son souvenir berçait votre pensée,
Vous orniez son esprit, vous dirigiez ses pas,

Et parmi vous déjà sa trace est effacée,
Et près de son berceau vous pleurez son trépas !...

Mais Dieu, comme un parfum, recueillit sa belle âme,
Il a d'un monde impur préservé ses vertus,
Oui, vous la reverrez, consolez-vous, Madame,
Votre fille est heureuse au séjour des élus.

Elle est où vont les bons, les justes de la terre,
Où nos pleurs ne vont pas, où l'esprit est content,
Où les petits enfants retrouvent un bon père,
Où la mort a placé le fils que j'aimais tant.

Là, ce soleil brillant, ces images mortelles,
Qu'en ce monde d'un jour on admire en tout lieu,
Ne sont rien comparés aux beautés éternelles
Que votre fille au ciel, Madame, voit en Dieu.

Dans ce qui nous afflige offrons notre louange
A ce Dieu qui toujours fait bien tout ce qu'il fait ;
S'il a pris votre fille, il en a fait un ange.
Ne pleurez pas, la mort fut pour elle un bienfait.

LE BEDEAU CANUT

(Historique)

Canut, de père en fils bedeau sage et discret,
De Gilet, le sonneur, était l'ami bien tendre.
Un jour de la Toussaint, tous deux au cabaret,
Des morts qu'on va sonner vont arroser la cendre.
Dans ce désaltérant loisir,
Se vidait sous leur main la sixième bouteille,
Ils buvaient, jasaient à merveille,
Quand pour vêpres il fallut finir.
Tous deux pour le divin service
D'un litre à revenir ont fait le sacrifice,
Et d'un pas dont le vin a dérangé l'aplomb
Ont gagné du Seigneur la très-sainte maison.

. . . .

Les cloches sonnaient mal. Gilet, qui s'en ébranle,
Donne le tintement quand il faudrait le branle,
Et l'orgue qu'il soufflait dans un grave moment
Resta muet tout court, dit-on, faute de vent.

Sous sa longue robe qui traîne
Canut en a gémi dans le fond de son cœur ;
Jusqu'alors tout pour lui ne va pas mal au chœur,
Il porte assez droit sa baleine,
A bien conduit la quête et salué l'autel.
Il garde encor l'air grave et le ton solennel,
Et n'était son bonnet qui penche sur l'oreille
Rien en lui ne sent la bouteille.
Mais du faible caché qu'on tient du cabaret
Toujours quelque faux pas divulgue le secret,
Et c'est devant un cierge au milieu de l'Eglise
Qu'enfin va succomber l'effort qui le déguise.
Quatre saints dans leur niche en ce grand jour fêtés
Du bedeau recevaient de terrestres clartés ;
Déjà saint Sébastien, saint Vincent et la Vierge
Avaient vu sous sa mèche étinceler leur cierge.
Saint Michel attendait, mais sous son pied vainqueur
Le diable qu'il terrasse à Canut a fait peur.
Notre bedeau tremble, grimace,
Il ne voit plus rien à sa place,
Et, dans le trouble qui lui passe,
Sur le monstre infernal porte son allumoir,
En lui veut allumer un cierge qu'il croit voir,
Et dans sa gueule au feu rougie
Laisse brûler longtemps sa fumante bougie.

Gilet le voit, accourt avec émotion,
Il craint pour l'avenir : — « Prends donc garde, compère,
Ne fais pas de mal au démon :
On ne sait pas à qui l'on peut avoir affaire. »

INVOCATION

AU GRAND LAC DE MORTEFONTAINE

C'était par une chaude journée de juillet, le ciel était beau et la campagne riante. Nous venions de parcourir, d'explorer le vaste domaine de Mortefontaine, nous nous étions assis au bord de ses eaux, nous avions dansé à l'ombre de ses bois, nos demoiselles, défiées à la course par nos jeunes gens, s'étaient élancées sur une verte pente comme de légères Atalantes poursuivies par d'autres Hippomènes, ou comme des nymphes jouant avec des faunes. Pendant ce temps, l'un de nous, musicien distingué, charmait les échos des accords de son instrument : on eût dit Orphée sur le Rhodope

Notre petite troupe se composait de dix personnes ; elles arrivaient de Paris, moi je venais de mon village ; elles étaient joyeuses d'aller, avides de plaisir, curieuses de voir, comme le sont ordinairement les gens de la grande ville quand ils viennent à la campagne. Ceux-ci ouvraient avec délices leurs poumons au grand air, leurs oreilles aux bruits des cascades, au chant des oiseaux, leurs yeux aux beautés d'un site d'une nature merveilleuse qu'ils voyaient pour la première fois. Tout était pour eux surprise, tableau, poésie, romantisme ; ils nageaient comme dans une atmosphère de volupté, de féerie ; aussi se livraient-ils sans réserve à toute l'impulsion, à toute l'exaltation des sentiments et du plaisir qu'ils éprouvaient.

J'étais leur cicerone et j'avais, connaissant la localité, la mission assez laborieuse de tout expliquer et de répondre à toutes les questions. Arrivés au bord du grand lac, nous étions fatigués, nous nous assîmes à l'endroit dit « la Pierre de la vache » parce qu'on y voit un énorme grès qui a la forme d'une vache accroupie. Nous admirions cette vaste pièce d'eau qui est une des plus belles qu'on puisse voir : sa vue, son calme, son silence nous plongeaient comme dans une méditation contemplative. Tout à coup l'un de nous se lève, c'était un poète, et, comme soudainement inspiré, il improvise les paroles que je rapporte ici et que l'on écoute dans une espèce d'enchantement :

« Lac paisible, brillante image du ciel où viennent se refléter les nuances pourprées du matin et les étoiles argentées de la nuit, toi seul conserves en ces lieux les grâces d'une éternelle jeunesse ; inaltérable comme les astres que tu réfléchis, tu vois fuir le temps sans que ton front se ride, sans que tes flots vieillissent ; les siècles, en passant, effleurent ta surface sans la troubler ; ils passent sans te laisser plus de trace que l'ombre du nuage que dissipe un rayon de soleil. En vain grondent autour de toi les révolutions du ciel et de la terre, rien n'altère la limpidité de tes eaux, le riante beauté de tes rives, la douce fraîcheur de tes ombrages ; cent fois tu vis vieillir la barque qui vogue sur ton sein, le cygne qui s'abandonne à tes brises, le saule qui se mire en tes ondes; tes vapeurs humectent la poussière des générations que tu vis naître, tes vagues luttent sans cesse contre le rocher qui a fatigué le temps ; tout passe et toi, toujours le même, tu restes immobile au milieu d'un sol qui change et des ruines qui t'entourent.

« Tes flots se jouent paisiblement au pied de cette île qui s'élève à ton centre comme un trône de Neptune, des arbres d'une verdure éternelle y croissent parmi des rochers aussi vieux que le monde. C'est là que tu vis un jour notre César reçu par un roi se reposer de ses brillantes conquêtes, et de jeunes vierges des hameaux voisins pour couronner son auguste front mêler la fleur de ton rivage aux lauriers de sa gloire : tu formais alors le piédestal de cet homme prodigieux, un chêne immense étendait sur sa tête triomphante un dais magnifique, et ce géant de la végétation semblait fier d'abriter un colosse humain.

« Tu vis des rois, des reines, des philosophes, ces grandeurs du pouvoir et du génie, se promener sur tes ondes pacifiques ; mais pour ces majestés, ton abîme avait le même danger, ton rocher le même écueil, tes brises le même souffle, ton moucheron la même piqûre ; elles ne pesaient pas plus sur toi que le plus humble mortel, et où le peuple encensait des grandeurs de la terre, la nature, devant qui tous les individus sont égaux, ne voyait que des petits êtres appartenant à l'humanité.

« Aujourd'hui, ô beau lac ! tu vois sur tes bords une réunion d'heureux voyageurs ; le plaisir les rassemble et l'amitié les unit ; ils représentent ce que la société a de plus aimable par le cœur et par l'esprit ; ce sont des hommes amateurs des arts et admirateurs de ton beau site ; ce sont des dames qui viennent marier les grâces du sexe, le charme de la civilisation aux délices de tes bords, aux beautés pittoresques et champêtres qui t'environnent. Bonnes épouses, sensibles mères, vierges candides, elles ont quitté ces soins, ces travaux, ces études auxquels elles se dévouent pour venir respirer la fraîcheur de tes ondes, le parfum de tes fleurs, pour jouir de la paix de ton beau ciel et puiser dans la nature et la vérité ces plaisirs simples, ce bonheur sans regret qu'on ne trouve plus dans le monde, et cette piété contemplative qui nous fait bénir le Créateur en admirant la création.

« Ah ! montre-leur tes beautés, déroule à leurs yeux enchantés le sublime spectacle de ta surface mobile, couvre-les de tes doux ombrages, embaume-les de tes parfums, réjouis-les du chant de tes oiseaux, du mumure de tes vagues, réfléchis leur riante image dans ton limpide miroir, et qu'elles emportent dans leur cœur le le calme de tes rives, le bonheur de ton ciel, comme elles garderont dans leur mémoire le souvenir de ce beau jour. »

Il n'y eut point d'applaudissements, car bien après que notre improvisateur eût parlé, nous écoutions encore.

UN CHEVREUIL ÉGARÉ

(Historique)

Un jour, une grande rumeur éclata dans Dammartin ; ce n'était pas un homme civilisé qui la causait, c'était un animal sauvage. Un chevreuil égaré dans sa route y était entré et circulait librement dans les rues. Bientôt la ville est en émoi : on crie : *au chevreuil*, la foule s'accroît, les chiens aboyent, s'élancent, partout on veut le saisir, on lui barre le passage. Notre égaré, plus prompt par l'épouvante, plus audacieux par la peur, bondit, s'élance, vole, franchit tout obstacle, entre plus avant dans la ville ; enfin, après mille bonds, mille détours, il se trouve en face d'une porte cochère : il entre, elle se ferme, et le voilà pris comme dans un traquenard.

Maintenant, d'où venait ce chevreuil, et comment son apparition dans la ville ? A cette époque (1817), les grands bois de Beaupré et de Pontheux, voisins de la forêt d'Ermenonville, confinaient au territoire de Dammartin ; la grande bête qui habitait ces bois en sortait et faisait des excursions nocturnes, quelquefois diurnes, jusques dans les jardins et vignobles qui touchaient aux murs de la ville. Aujourd'hui que ces bois n'existent plus, on voit encore des cerfs, des biches, même des sangliers, venir de plus loin dans les champs voisins et y causer de préjudiciables dégâts.

Ce chevreuil y était donc venu à son tour. Il y a au bas de la montagne de Dammartin des vignobles où on l'avait vu ; or, c'était le mois de mai, la vigne poussait ses premiers bourgeons. On dit que le chevreuil s'en enivre ; celui-ci en avait mangé et sans doute un peu trop, car il n'avait plus cet instinct qui lui suggère la prudence par la fuite, et la crainte de l'homme par la peur ; le malheureux était à son premier bois, il manquait d'expérience, de ruse, ou plutôt il avait perdu le sens commun, et, au lieu de retourner sagement dans sa forêt, il était rentré follement dans notre ville.

Le voilà donc prisonnier par sa faute à l'*Hôtel des Deux-Anges*. Les anges ne le protégèrent pas ; il ne pouvait y tomber en des mains plus humaines, hélas ! ni dans une circonstance plus fatale. Cependant, s'il eût voulu vivre, il ne tenait qu'à lui, rien ne lui aurait manqué ; le maître de l'hôtel était un bon cœur d'homme, et, quoique la loi qui protége les animaux n'existât pas alors, jamais il ne les maltraitait. Il regardait son nouvel hôte comme un envoyé du ciel, il voulait observer à son égard les lois de l'hospitalité, il lui prodiguait la meilleure nourriture et les soins les plus attentifs ; mais notre chevreuil ne s'en accommodait guère. Revenu de son étourderie, il regrettait sa liberté ; cent fois, pour la recouvrer, il se heurta dans les murs, dans les portes :

tout résista à ses efforts, tout fut impitoyable ; fou de désespoir, il refusait de manger, bondissait jusqu'au plancher, entrait en fureur, et menaçait à chaque instant de se tuer. Pour qui préfère la mort à l'esclavage, le suicide est un libérateur.

Cependant chacun voulait voir ce fugitif des bois dont l'aventure faisait la nouvelle du pays ; des curieux encombraient l'hôtel des *Deux-Anges*. C'est quelquefois un hôte bien gênant que celui qui nous attire trop de monde ; le maître de l'hôtel l'éprouva. Pour se débarrasser, il songeait à remettre en liberté ce pauvre animal qui faisait peine dans sa captivité et qui, ne pouvant se priver à la main qui l'eût nourri, allait périr victime de sa sauvagerie. Mais, il y a des fatalités pour l'animal comme pour l'homme. Voilà que le fils de ce maître (1) devait se marier à quelques jours de là ; on lui représenta que la chair du chevreuil est un mets de prix, que ce gibier de prince ferait admirablement les honneurs du banquet nuptial. Puis, de malveillantes réclamations viennent encore ébranler les bonnes résolutions de ce maître : la propriété exclusive du chevreuil lui est contestée. Je l'ai couru, dit l'un ; c'est moi qui l'ai arrêté, dit l'autre ; j'ai des droits, arguait un troisième ; j'ai la possession répondait le maître. De tous ces débats, il restait toujours contre notre chevreuil une noce d'un côté et un litige de l'autre. Enfin, soit que le sort en eût décidé ou que le maître se fût laissé fléchir, la noce l'emporta ; il consentit à ce que son chevreuil périt pour elle plutôt que par la faim ou l'ennui. Le pauvre animal fut donc sacrifié ; sa mère dut en gémir et sa forêt le regretter, il était si beau, si jeune !

(1) C'était celui qui écrit cette histoire.

Chaque prétendant en eut un morceau, le banquet en fut amplement servi, des couplets, au dessert, furent improvisés par de joyeux convives sur ce quadrupède si bien adressé, si à propos venu, et qui, lui aussi, avait été le jouet d'un destin qui se joue de tout.

Jamais festin de noce n'avait été mieux servi par le hasard ; jamais, jusque-là, Dammartin n'avait vu de chevreuil en liberté dans ses rues. On en a pas revu depuis : l'accueil fait à celui-ci n'en a pas attiré d'autres.

PRIÈRE D'UNE PETITE ORPHELINE

Seigneur, mon Dieu, je vous implore,
Prenez pitié de mes cinq ans !
On dit que je ne fais qu'éclore
Comme un petit bouton des champs.

Sainte Vierge, à vous je m'engage,
Je vous aime de tout mon cœur,
Accordez-moi d'être bien sage,
Préservez-moi bien du malheur.

La vie est pour moi chose étrange,
Je n'en connais pas le chemin,
J'y marcherai droit si votre ange,
Mon Dieu, me conduit par la main.

J'en avais un plein de tendresse,
C'était mon bonheur, mon amour,
Il n'avait pour moi que caresse,
Son œil me veillait nuit et jour.

Il m'avait bercée en ma crèche,
Il m'avait nourrie en son sein,
Il me disait que l'enfant pèche
Quand il vous oublie le matin.

Il ne voulait pas que je passe
Aux lieux où sont les mauvais pas.
Et de peur que je ne sois lasse
Il me prenait entre ses bras.

Pour vous adorer dans le temple
Souvent on le voyait venir,
Et j'apprenais par son exemple
A vous prier, à vous bénir.

Mais ce bon ange était mortel,
On m'a dit que c'était ma mère,
Et qu'un jour, en quittant la terre,
Elle a monté dans votre ciel.

On dit, parce qu'elle était bonne,
Que vous l'aimiez autant que moi,
Que vous lui deviez la couronne
De ceux qui suivent votre loi ;

Et que dans la vie éternelle,
Pour changer tous ses maux en bien,
Vos bras se sont ouverts pour elle
Tout comme elle m'ouvrait les siens.

On dit qu'au ciel, qui la réclame,
Elle habite un monde plus beau,
Et que pour vous porter son âme
Elle a passé par le tombeau.

Elle était pourtant bien heureuse,
Bien vrai, mon Dieu, je vous le dis,
Car par elle j'étais joyeuse,
Et moi j'étais son paradis.

Ah ! faites que je lui ressemble,
Pour habiter aux mêmes lieux.
Vos saints ne vous aiment pas mieux
Que nous vous aimerons ensemble.

Seule au ciel !... Elle a dit pourtant
Que, pour son amour maternel,
La terre, avec sa chère enfant,
Valait mieux que le ciel sans elle.

Vous aimez les enfants ; pourquoi,
Quand vous avez reçu ma mère,
Mon Dieu ! vous qu'on dit si bon père,
N'avez-vous pas voulu de moi ?

Pardonnez si je vous l'envie,
Elle était si bonne pour tous !
Comment apprendrai-je la vie,
Mon Dieu, loin d'elle et loin de vous ?

Ah ! rendez-moi ma tendre mère,
Pour vous aimer, pour vos desseins,
Dans le ciel vous avez vos saints,
Je n'avais qu'elle sur la terre.

Ou, dans ce beau ciel que je voi,
Si vous la gardez sous votre aile,
O mon Dieu, soyez bon pour elle,
Comme elle était bonne pour moi.

A UNE INCONNUE

QUI AVAIT ÉCRIT A L'AUTEUR DES LETTRES PIEUSES, ANONYMES ET A SON ÉLOGE

O toi qu'une belle âme anime,
Qui, sous le sceau de l'anonyme,
Te montres si noble à mes yeux ;
Toi, dont la parole est si belle,
Dis-moi, n'es-tu qu'une mortelle,
Es-tu de la terre ou des cieux ?

Quand ma poésie indigente
Dans ta bonté trop indulgente
Trouve un écho qui l'applaudit,
Au bas de l'écrit qui t'honore,
Pourquoi ne pas signer encore
Ce que le sentiment te dit ?

Ce rayon dont le jour m'éclaire,
Cette fleur dont l'odeur m'est chère,

Me resteront-ils inconnus ?
Ne puis-je, hélas ! trop indigne homme,
Savoir au moins comment se nomme
Tant de piété, de vertus ?

Cette nature qu'on admire
Et ce beau ciel qui nous inspire
Nous cachent-ils leur auteur ? Non.
Imitons-les ; dans son ouvrage
Le méchant cache son visage,
Mais l'innocence dit son nom.

Toi que j'aime sans te connaître,
Toi qui veux m'honorer peut-être,
N'as-tu pas confiance en moi ?
O femme ! ô sœur que je vénère,
Jette le voile du mystère,
Ne m'écris plus ou nomme-toi.

VOEUX PATRIOTIQUES

1875

Le temps, qui sans cesse dispense
Les jours que sans cesse il détruit,
Sur les pas de l'an qui s'enfuit
Fait succéder l'an qui s'avance ;
Et pour nous son rapide cours,
Plein d'heures souvent orageuses,
Avec des nuits moins ténébreuses
Nous ramène de plus longs jours.

A vous, heureux Français, mes frères,
Toute joie en ce jour nouveau,
Et que le ciel de nos misères
Allége le pesant fardeau
Puissions-nous, forts d'intelligence,
Ouvrir sur nous, sur notre France,
Des sources de prospérité,
Et ne rencontrer sur la route
Que des esprits exempts de doute,
Et des cœurs pleins de vérité.

Qu'au saint amour de la patrie
Se rallient enfin tous les cœurs,
Et que dans les arts, l'industrie,
La paix ait aussi ses vainqueurs.
Puisse l'active bienfaisance
Epuiser pour toute indigence
Les trésors de la charité,
Afin qu'au bout de sa carrière,
Le pauvre, heureux par la prière,
N'ait pas regret d'avoir été.

Aux cités, aux champs, au village,
Que le commerce, la moisson,
Donnent sous un ciel sans orage
Le produit de toute saison ;
Que le travail ait ses merveilles,
Que Bacchus féconde nos treilles,
Qu'Apollon sourie à la paix,
Et que l'amour, séchant nos larmes,
Embellisse de quelques charmes
Ces jours qui passent pour jamais.

Hélas ! ce temps qui nous emporte
Sème d'écueils notre chemin ;
Aujourd'hui les biens qu'il apporte
Il nous les reprendra demain,
Et si dans sa course il fit naître,
Ici, l'esclave, là, le maître,
C'est pour se livrer au trépas.
Il détruit tout, mais quoi qu'il fasse,
Il est pour le sage qui passe
Un monde où sa faux n'atteint pas.

Tout ne meurt pas quand l'homme tombe,
Il naît, on rit sur son berceau,
Il meurt, on pleure sur sa tombe,
Un Dieu le marque de son sceau.
Mais s'il eut ses exploits de gloire,
Le monde honore sa mémoire,
Sa mort lègue un nom immortel ;
Qu'importe au juste un peu de terre,
Si pour ses vertus qu'on vénère
Un ange le couronne au ciel ?

ERRATUM

Page 86, dernier vers, au lieu de : le bon *sens* ennemi, lire : le bon *sans* ennemi.

TABLE DES MATIÈRES

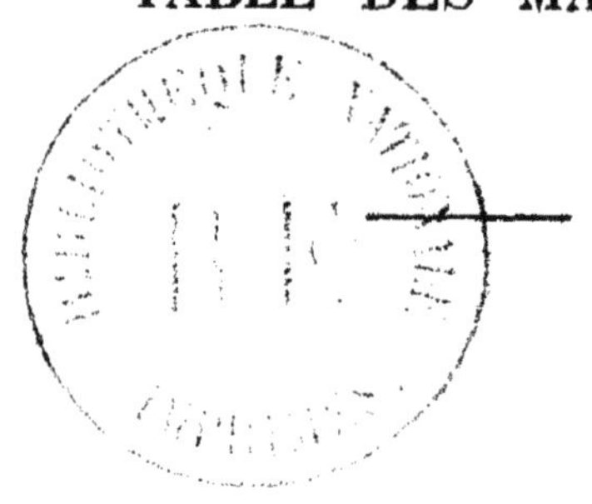

CLERMONT (OISE). — IMP. ALEXANDRE TOUPET. 375.

www.ingramcontent.com/pod-product-compliance
Ingram Content Group UK Ltd.
Pitfield, Milton Keynes, MK11 3LW, UK
UKHW020153200726
13856UKWH00003B/969

9 782013 623810